발자크/스탕달을
쓰다

슈테판 츠바이크 평전시리즈 5

발자크/스탕달을 쓰다

초판 1쇄 인쇄 2023년 5월 26일
초판 1쇄 발행 2023년 6월 5일

—

지은이 슈테판 츠바이크
옮긴이 원당희
펴낸이 이방원

책임편집 조성규   **책임디자인** 박혜옥
마케팅 최성수 · 김 준   **경영지원** 이병은 · 이석원

—

펴낸곳 세창미디어
　　　　신고번호 제2013-000003호
　　　　주소 03736 서울특별시 서대문구 경기대로 58 경기빌딩 602호
　　　　전화 723-8660 팩스 720-4579 **이메일** edit@sechangpub.co.kr
　　　　홈페이지 http://www.sechangpub.co.kr **블로그** blog.naver.com/scpc1992
　　　　페이스북 fb.me/Sechangofficial **인스타그램** @sechang_official

ISBN 978-89-5586-763-3 04850
ISBN 978-89-5586-171-6 (세트)

STEFAN

발자크/스탕달을 쓰다

ZWEIG

슈테판 츠바이크 평전시리즈 **5**

원당희 옮김

세창미디어
M E D I A

CONTENTS

Honoré de Balzac

발자크
1799~1850

"그가 칼로써 이루지 못한 것을
내가 펜으로 이루리라."

발자크Honoré de Balzac는 1799년, 작가 라블레의
쾌적한 고향이자 풍요의 지방 투렌에서 태어났다.
더 정확히 말해 그는 1799년 6월생으로, 그 날짜는
되돌아볼 만한 가치가 있다. 나폴레옹 —그의 행동
에 불안해진 세상 사람들이 보나파르트라고도 칭
했던— 은 바로 그해 이집트에서 귀향했는데, 반쯤
은 승리자였고 반쯤은 도망자였다. 밤에는 모르는
성좌 아래서, 낮에는 거대한 석조물 피라미드 앞에

서 격전을 치렀고, 그래서 그는 웅대하게 시작한 작품을 끈질기게 완성하는 데 지쳐 있었다. 조그마한 범선을 타고 그는 수로에 잠복한 넬슨의 전함들 사이를 슬그머니 빠져나왔다. 모국에 돌아온 며칠 뒤 그는 소수의 심복을 불러 모아서, 반항하는 국민의회를 척결하고, 단칼에 프랑스의 지배권을 탈취했다. 발자크가 탄생한 1799년은 그러니까 제국의 원년元年인 것이다.

새로운 세기는 그때부터 키 작은 장군이라든가 코르시카의 모험가를 안다기보다는 프랑스의 황제 나폴레옹을 알게 된다. 10년, 아니 15년 이상 —발자크의 어린 시절 동안— 권력욕에 사로잡힌 손아귀가 유럽의 절반을 휘젓고 있는 중에도, 그의 야망에 찬 정벌의 꿈들은 쉴 새 없이, 동서양을 망라한 전 세계로 힘찬 나래를 펼쳐 나가고 있었다. 만일 최초로 돌이켜본 자기 인생의 16년이 세계사에서 가장 환상적인 시기였을 제국의 16년과 그대로 일치한다면, 모든 것을 그리도 강렬하게 공감하는 발자크라는 인물에게 그것은 매우 뜻깊은 일이 아닐 수 없는 것이다. 그럴 수밖에 없는 것이, 어린 시절의 체험과 결정이란 같은 것의 표리表裏인 내면과 외면에 불과한 까닭이 아닐까? 누군가, 어느 누군가가 푸른 물결의 지중해에 떠 있는 섬에서 파리로 왔다는 사실. 그것도 단신으로, 이렇다 할 용무도 없이, 큰 소리 내지 않고 높은 품격도 갖추지 않은 채 찾아와서는, 저 고삐 풀린 권력을 갑자기 움켜쥐고 잡아채어 울타리에 가두어 넣었다는 사실. 어느 누군가 한 개체가, 웬 낯선 남자가 맨손으로 파리를 얻고 드디어는 프랑스를, 나아가 전 세계를 쟁취했다는 사실 — 세계사에 있어서 이 모험가의 기분은 어린 발자크에게 정말이지 설화집이나 역사책 갈피의 검은 활자로부터 전달된 게 아니라 화려한 색깔로 채색되어 전해졌던 것이다. 그것은 갈증으로 열린 그의 온갖 감관을 통하여 개인적 삶의 내부로 밀려 들어와, 아직은 쟁론의 여지가 없는 내부세계에 형형색색의 찬란한 추억들을 새겨 놓았다. 그러한 체험이 그의 행동거지에 모범이 되는 것임에 틀림없으리라.

소년 발자크는 거만하고 투박하게, 거의 로마인과 같은 열정을 품고, 승리의 날을 예견하던 포고령에서 독서법을 체득했을지 모르며, 아마도 꼿꼿이 세운 그의 어린 손가락은 나날이 변화하는 지도의 경계선을 이리저리 따라다녔을 것이다. 지도 위에서 프랑스는 나폴레옹 군대의 행진에 따라, 넘쳐흐르는 홍수처럼 점점 더 유럽 전역으로 부풀었으니 말이다. 오늘은 세니산을, 내일은 네바다산맥을 가로질러 강을 건너 독일 쪽으로, 그리고 설원지대를 지나 러시아 쪽으로 프랑스 영토가 확대되는가 하면, 다른 한편으로는 영국인들이 위력적인 대포로 퇴각 중인 함대에 포격을 가하는 지브롤터해협까지 다다랐던 것이다. 낮에는 아마도 코사크인들의 군도軍刀에 얼굴을 찔린 병사들과 거리에서 놀았을 터이고, 밤에는 아우스터리츠의 러시아 기병대의 빙벽을 깨뜨리기 위해 오스트리아로 이동하는 포마차 소리에 번번이 잠을 깨었을 터였다. 이럴진대 그의 청춘의 모든 갈망은 오로지 나폴레옹이라는 열혈의 이름과 그의 사상, 그의 표상으로 용해되어 들어갈 수밖에 없었다. 파리로부터 세계로 퍼져 나가는 거대한 정원 앞에는 승리의 무지개가 피어오르고 있었다. 그 무지개 위에는 세계의 절반에 달하는, 패배당한 도시들의 명칭이 뚜렷이 새겨져 있었다. 그러니 이방의 군대가 이 도도한 아치를 뚫고 쳐들어왔을 때, 무서운 절망으로 변해 버려야만 했던 지배의 감정이란 과연 어떠했겠는가!

외부의 회오리치는 세계에서 일어났던 사건들은 그의 내면을 향한 체험으로 자라났다. 일찍이 그는 정신적으로나 물질적으로 무섭게 가치가 전복됨을 체험하였다. 아시냐 지폐들 가운데 백 프랑 또는 천 프랑짜리 지폐가 공화국의 인장으로 지불보증이 되어 있었지만, 하루아침에 쓸모없는 휴지 조각으로 날아가는 것을 보았다. 그의 손을 거쳐간 금화에는 참수당한 왕의 비만한 모습이 주조되어 있었는가 하면, 한때는 자유를 상징하는 자코뱅당의 모자를, 한때는 총독의 날카로운 얼굴을, 그러다가 황제 예복을 차려입은 나폴레옹을 선보였다. 이렇게 엄청난 변동의 시대에는 수 세기 동안이나 고정불변의 한계에 막혀 있던 도덕, 화폐, 토지라든가 법, 위계질서 등의 모든 것이 누수되거나 또는 넘쳐흐르는 법이었다. 그는 한번도 체험해 보지 못한 변화의 시기에 살면서 일찌감치 모든 가치가 상대화되는 것을 의식하였다. 그를 둘러싼 세계가 다름 아닌 하나의 소용돌이였다. 현혹스러운 그의 눈빛이 세계에 대한 조망과 하나의 상징, 이 반항의 물결 위에 떠 있는 하나의 성좌를 찾고자 했을 때, 그것은 바로 이런 사건의 전도顚倒 속에서도 수많은 충격과 동요를 일으킨 단 하나의 장본인, 오직 그 사람뿐이었다. 나폴레옹이라는 사람 자체를 발자크 또한 체험했던 것이다.

그는 나폴레옹이 자신의 뜻을 받드는 충복들과 말을 타고 행진하는 것을 바라보았다. 그의 충복들 중 특별한 인물은 이집트 왕의 근위병이었던 루스탄, 스페인을 하사받은 요셉, 시칠리아의 영주로 임명된 무라트, 배반자 베르나도트가 있었다. 그 모든 사람들에게 나폴레옹은 월계관을 씌워 주고, 자신은 왕국을 정복하였으며, 과거의 아무것도 없는 상태에서 그 왕국을 발판으로 하여 현재의 영광을 쟁취하였다. 순식간에 역사에 있었던 어느 위대한 사실보다도 더 위대한 상이 그의 망막으로 환하게 생동하며 투사되어 들어왔다. 어린 발자크는 저 위대한 세계의 정복자를 보았던 것이다! 그러니 세계의 정복자를 바라본 소년에게 그것은 똑같은 하나가 되려는 소망과도 같지 않았겠는가? 서로 다른 두 위치에 있었기는 하지만, 이 찰나의 순간에 두 사람의 세계정복자가 잠시 쉬고 있었다. 쾨니히 스베르크에서는 무질서한 세계의 착종이 칸트라는 철학자에 의해 해결될 전망을 보이고 있었고, 바이 마르에서는 군대를 이끄는 나폴레옹보다도 적지 않은 전망이 괴테J. W. von Goethe라는 시인에게서 서서히 싹터 오르고 있었다. 그러나 이는 발자크에 게 오랫동안이나 감지할 수 없었던 멀디먼 거리였 다. 개별적인 것이 아니라 늘 전체적인 것만을 원 하며, 전체 세계의 충만함을 갈구하는 충동, 열기 에 몸을 떠는 이 명예심은 무엇보다 나폴레옹이라 는 인간 본보기 때문이었다.

이렇게 엄청난 세계의지가 그 즉시로 길을 찾기 에는 아직도 요원했다. 발자크는 우선 어떤 직업도 갖지 않을 생각이었다. 만일 그가 2년만 더 일찍 태 어나 십팔 세의 나이로 나폴레옹의 전열戰列에 가 담했다면, 영국제 총탄이 빗발쳐 쏟아지던 동맹군

진영의 고지들이 함몰됐을지도 모른다. 그러나 세계사는 되풀이하는 것을 좋아하지 않는다. 나폴레옹 시대의 벽력 치는 하늘이 끝나고, 싱겁고 온유하고 맥빠지리만큼 나른한 여름날이 찾아온다. 루이 18세 치하에서는 군도가 장식용 칼이 되고, 군인은 간신이 되며, 정치가는 달변의 아첨꾼이 된다. 행동의 용기, 우연성의 어두운 뿔피리가 국가의 높은 위치를 약속하는 것이 아니라, 나약한 여성의 손길이 신뢰와 호의를 선사한다. 대중의 삶은 허물어져 천박해지고, 비등하던 사건들의 포말은 잔잔한 연못의 수면을 이룬다. 무기를 가지고는 더 이상 세계를 정복할 수 없었다. 발자크 개인에게는 예외였던 나폴레옹이 다수의 사람들에게는 하나의 위험이었다. 그랬기에 예술은 남았던 것이다. 발자크는 글을 쓰기 시작한다. 그러나 다른 사람들처럼 돈을 긁어모으고, 향락하고, 책으로 서가를 가득 채우기 위해서라든가, 한가한 산책로의 잡담가가 되기 위해 그런 것이 아니다. 그가 얻고자 열망하는 것은 문학 대가의 지휘봉이 아니라 황제의 제관이다.

그의 작가생활은 다락방에서 시작된다. 자신의 역량을 시험하기라도 하듯이 그는 이름을 감추고 최초의 소설들을 집필한다. 아직은 전쟁이 아니고 다만 전쟁놀음일 뿐이다. 그것은 가상훈련에 불과하고 아직은 본격적인 전투가 아니다. 결실이 불만스럽고, 그간의 성취에도 만족할 수 없어서 그는 원고를 팽개쳐 버리고 삼사 년간 다른 직종에 종사한다. 한동안 공증인 사무실의 서기로 앉아 매사를 관찰하고 주목하고 즐기면서 세상 보는 눈을 날카롭게 갈고닦아 나간다. 그러나 이런 중에도 전체성을 겨냥하는 저 무서운 의지, 거인의 환상적 욕망을 불태우면서 개별적이고 외형적인 것, 기이하고 본질에서 유리된 것을 경멸하는데, 이는 거대하게 파동치는 원환圓環, 원초충동의 비밀스러운 수레바

귀를 포착하고 그 소리에 귀를 기울이기 위한 것이다. 사건을 증류시켜 순수한 요소를 추출하고, 숫자를 배합하여 총합을, 소란으로부터 조화를, 삶의 충일로부터는 본질을 획득하는 일, 짧게 말해 전체 세계를 레토르트에 밀어 넣어 재창조하는 일, 그것이 그의 목적인 것이다. 어느 것도 다양성을 상실해서는 안 된다는 것, 무한한 것을 유한한 것으로, 도달 불가능한 것을 인간의 가능성으로 응축시키기 위해 하나의 과정만이 존재한다는 것, 그것이 압축의 과정이다. 그는 비본질적 요소가 그대로 남아서 순수하고 가치 있는 형식들이 누수될 때는 갖가지 현상을 하나로 결집시켜 그것을 여과하는 데 전력을 기울인다. 그리고는 제각기 분산된 개별 형식을 그의 달구어진 손으로 압축하여 그 수많은 다양을 직관적이고 개괄적인 체계로 가져온다. 개괄적 체계란 린네C. von Linné가 수십억 종류의 다양한 식물을 전체적으로 조감한다든가, 화학자가 무수한 화합물을 불과 한 줌의 요소로 분해하는 것과 같은 것이다 — 이런 것이 그의 명예심이다.

그는 세계를 단일화하여 세계를 지배하고자 한다. 『인간희극*La Comédie humaine*』의 장대한 감방은 강요된 세계의 축소판이다. 이 같은 증류 과정을 통하여 그의 소설에 나오는 인간들은 언제나 전형이자 어떤 다수를 대변하는 성격의 본질로서, 그의 철두철미한 예술의지는 이로부터 쓸모없고 피상적인 모든 것을 떨쳐내 버린다. 그의 집중화는 행정의 중심 체계를 문학에 도입함으로써 성립된다. 나폴레옹이 그랬듯이 그 역시도 프랑스를 세계의 원환으로, 그 가운데서도 파리를 중심지로 만든다. 그런데 이 원환의 중심지 파리에서 그는 귀족, 승려, 노동자, 시인, 예술가, 학자 등과 같은 다양한 계층을 끌어낸다. 50여 개의 화려한 살롱에서 단 하나, 카디냥 공작부인의 살롱을 무대화하며, 그 밖에도 수백 명의 재계인사들 중에서는 뉘생젠

남작을, 모든 고리대금업자들 중에서도 곱세크라
는 인물을, 그 많은 의사들 중에서도 오라스 비앙
송을 대표자로 내세운다. 그가 만들어 낸 이 인간
들은 서로가 인접한 곳에 살면서 빈번이 접촉하고,
또 상호 간에 격렬히 싸운다. 삶이 수천 가지 유희
를 만들어 낼 때, 그는 단 한 가지의 유희만을 창조
한다. 혼합형이란 알지 못한다. 그의 세계는 현실
보다는 빈약하지만, 그보다는 내적으로 강렬하다.
그도 그럴 것이 그의 인간들은 현실의 추출물이
고, 그의 정열이 순수한 요소를 이루고 있으며, 그
의 비극이 거기에 응축되어 있기 때문이다. 나폴레
옹처럼 그는 파리의 정복으로부터 출발한다. 그는
먼저 지방을 잇따라 거머쥔다 ─ 어떤 의미로는 각
지방의 대변자가 발자크의 국회의사당으로 모여
든다. 그리고 나서는 승승장구하는 보나파르트 총
독의 방식대로 그의 부대를 모든 나라로 파견한다.
그는 사방으로 팔을 뻗쳐 자기 인물들을 노르웨이

의 해변이나 스페인의 뜨거운 모래벌판으로, 이집트의 시뻘건 하늘 아래로, 베레지나의 얼어붙은 다리로 파견한다.

그의 세계의지는 사방으로 끝없이 확장되는데, 이는 그의 위대한 형성자 나폴레옹의 의지와도 같은 것이다. 그리고 나폴레옹이 본국과 원정지 사이에서 틈을 내어 민법을 만들었듯이, 발자크 또한 『인간희극』에서의 세계정복을 잠시 미루고 근본적으로 논문이랄 수 있는 사랑과 결혼의 도덕법을 저술한다. 그는 미소까지 띠면서 위대한 작품들의 경계선에도 『우스운 이야기*Contes drolatiques*』 형식의 대담한 아라베스크를 살며시 섞어 놓는다. 가장 비참한 장소, 농부의 오두막을 산책하고 생제르맹 궁전으로 돌아오는 것이다. 그는 나폴레옹의 은밀한 침소로 숨어들어가 제4의 벽과 그 은폐된 공간의 비밀을 활짝 열어젖힌다. 거기서 그는 브르타뉴 시대의 병사들과 휴식을 취하거나 주식을 사고팔고,

또는 극장 무대를 자세히 살피고 학자의 업무를 감독해 본다. 세계의 어느 구석도 그의 마법의 불꽃이 비치지 않는 곳은 없을 것이다. 이를테면 그의 작품에서는 이천 명 내지 삼천 명의 인간들이 군대가 된다. 실제로 그는 즉흥으로 그들을 주조해 내어 손쉽게 형상을 갖추게 하였다. 그들은 발가벗은 모습으로, 아니 무無로부터 생겨나서 그가 주는 옷을 두른다. 그는 나폴레옹이 그의 총사령관들에게 했던 대로 그들에게 명성과 부富를 선사하고 나서는 다시 그것을 거두어들인다. 그들은 그의 조종을 받는 인형처럼 서로가 뒤얽혀 각축한다. 사건의 다양함이라든지 그 사건의 배후로 숨어드는 무서운 열정의 복선이 이루 헤아릴 수 없을 만큼 무수히 나타난다. 현대사에서 차지하는 나폴레옹의 위치가 독보적이듯이 『인간희극』에서 보이는 이같은 세계정복, 전체적이며 집약적인 삶의 동시적 균형은 현대문학에서 독보적이다. 그러나 세계를 정복하는 것은 발자크의 소년기 꿈으로서, 실로 현실이 되어 버리는 어린 시절의 계획보다 더 강렬한 것은 없는 법이다. 그가 나폴레옹의 초상 아래쪽에 다음 과 같이 적었던 것도 헛된 일은 아니었다.

"그가 칼로써 이루지 못한 것을 내가 펜으로 이 루리라."

그런데 그의 주인공들 또한 그와 같은 유형의 인 물들이다. 그들 모두가 세계정복의 욕망을 품고 있 다. 그들은 어떤 구심력에 의해서 지방과 자신들의 고향을 떠나 파리로 향한다. 거기에 그들의 전쟁터 가 있다. 수만 명의 젊은이들, 일군의 군대가 젖먹 던 힘을 다해 아등바등 파리로 몰려간다. 그리고 그들은 그 밀폐된 공간에서 산화하는 폭발물처럼 부딪치고 절망하며, 하늘 끝까지 오르다가는 단번 에 심연으로 추락한다. 어느 누구에게도 자리 하나

준비되어 있지 않다. 각자가 제 힘으로 연단을 정복해야만 하며, 청춘이라 칭하는 이 견고하고도 휘기 쉬운 금속을 수없이 담금질하여 무기가 되어야하고, 또 자신은 정열을 다 바쳐 폭발물이 되어야만 한다.

문명의 내부에서 일어나는 이 같은 투쟁이 전쟁터에서의 투쟁만큼이나 냉혹하다는 사실을 최초로증명하는 것이 바로 발자크의 자랑이다. "나의 시민소설이 당신들의 비극작품보다도 더 비극적이란 말이오"라고 낭만주의자들을 향해 외친다. 이 젊은이들이 발자크의 책에서 배우는 첫 번째 것이 냉혹함의 법칙이다. 그들은 자신들이 너무 지나치다는 것을 알면서도 마치 단지 속에 들어 있는 거미처럼 서로를 먹어치운다 ― 발자크가 애호하는 『고리오 영감*Le père Goriot*』에 나오는 아나키스트 보트랭이 이런 상에 속한다. 젊은 시절에 담금질해 두었던 무기를 경험의 치명적인 독수에 다시 한번 담그는 것이다. 끝까지 생존하는 자만이 정당하다. 『위대한 군대*Große Armee*』의 돌격대처럼 그들은 바람이 불어오는 서른두 군데의 모든 방향에서 출몰하며, 파리로 향하는 구두는 갈기갈기 찢어진다. 여행자의 의복은 너 나 할 것 없이 흙먼지로 자욱하며, 그들의 목구멍은 향락에의 갈증으로 뜨겁게 불탄다. 그들이 우아함, 부귀와 권력의 새롭고 마법적인 영토에 도달하여 사방을 둘러볼 때면, 여기까지 가져온 몇 가지 소유물 모두가 화려한 궁전이나 아름다운 여성, 막강한 권력을 정복하기에는 쓸모없다는 느낌을 받을 것이다. 그것을 제대로 사용하려면 자신들의 능력을 새롭게 변형시키지 않으면 안되리라.

그들이 느끼는 것은 젊음을 강인함으로, 영리함을 계교로, 친밀함을 거짓으로, 미덕을 악덕으로, 무도함을 교활함으로 바꾸어야 하리라는 것이다. 왜냐하면 발자크의 주인공들은 강렬한 욕구에 사로잡혀 있고, 그들이 추구하는 것은 전체적인 것이기 때문이다. 그들은 모두가 같은 모험을 겪는다. 예컨대 그들 곁에 이륜마차가 지나가고, 마차바퀴는 그들에게 흙탕물을 튀긴다. 마부가 채찍을 서둘러 휘두르건만, 마차에는 젊은 여자가 앉아 있고, 그녀의 휘날리는 머리카락에는 장식품이 번쩍인다. 한순간은 바람결에 지나간다. 그녀는 매혹적이고, 아름다우며, 향락의 한 상징이다. 한데 발자크의 주인공들은 이 순간 예외없이 단 하나의 소망을 갖고 있다. 그것은 부디 이 여자와 마차, 하인, 부귀영화, 파리, 그리고 세계가 나의 것이 되었으면 하는 간절한 소망이다. 가장 사소한 자들도 권력이라면 얻고 싶어 어쩔 줄 모른다고 하는 나폴레옹의 가르침 때문에 그들은 타락하였다. 그들은 그들의 아버지들처럼 지방에서 포도원이나 행정관료의 자리, 유산을 얻으려고 싸우는 것이 아니라 이미 상징들, 즉 권력을 얻어서, 제왕의 찬란한 태양이 빛나고 어디에나 황금의 샘물처럼 흐르는 저 광영의 보좌에 오르려고 싸운다. 그리하여 그들은 저 거대한 야망의 총아들이 된다.

발자크는 이들에게 다른 인물들보다 한층 강인한 근육과 힘찬 언변과 열정적 충동, 성급하면서도 그만큼 살아 움직이는 생명력을 부여한다. 그의 주인공들은 꿈을 행위로 실제화하는 인간들이다. 발자크가 말하고 있듯이 그들은 생의 질료에서 가공된 시인들이다. 그들의 공략법은 이중적인데, 천재는 특수한 길을 개척해 나가고, 그렇지 않은 인물은 평범한 길을 개척해 나간다. 권력에 도달하기 위하여 각자는 자기만의 방식을 찾아내고, 그렇지 못한 사람은 다른 사람의 방식, 사회의 방법론을 보고 배워야 한다. 각자가 적진에 떨어지는 대포알처럼 자신과 목표물 사이에 서 있는 다른 군중 속으로 살의를 품고 뛰어들든가, 아니면 페스트처럼 살그머니 독을 뿌려야 한다고 발자크가 사랑해 마지않던 인물, 아나키스트 보트랭은 권고한다. 발자크 자신이 좁은 방 하나를 얻어 작가생활을 시작했던 라틴구區에는 그의 각양각색의 주인공들 또한 모여든다. 의과대학생 데스플랭, 야심가 라스티냐크, 철학자 루이 랑베르, 화가 브리도, 저널리스트인 뤼뱅프레 등*은 사회적 삶의 원초형식들을 이룬다 — 세련되지 못한 젊은이들의 서클은 순박하고도 미성숙한 성격을 보이지만, 그럼에도 불구하고 전체적 삶은 파리에 있는 보케 하숙집의 식탁 주변으로 정렬한다. 그렇지만 그들은 삶의 거대한 증류기로 걸러지고, 정욕의 열기로 달구어지는 동시에 절망에 부딪혀 차갑게 몸을 떤다. 사회적 본성의 갖가지 영향들, 이를테면 기계적 마찰과 자성력磁性力, 유기분해 및 분자해체의 원리가 그들을 지배하는 것이다.

* 역주: 『무신론자의 미사(*La Messe de l'athée*)』의 데스플랭, 『고리오 영감』의 라스티냐크, 『루이 랑베르(*Louis Lambert*)』의 루이 랑베르, 『인간희극(*La Comédie humaine*)』 중 「인생의 첫출발(*Un début dans la vie*)」의 브리도, 『잃어버린 환상(*Les Illusions Perdues*)』의 뤼뱅프레.

이 인간들은 개조되면서 자신의 진정한 본질을 상실해 간다. 파리라 불리는 끔찍한 산화물이 일군의 젊은이들을 용해시켜 먹어치우고 분비한다. 그들의 형체가 사라져 결정화되고 굳어지면, 다른 일군의 젊은이들이 그렇게 석화된다. 착색되고 응결된 변화의 모든 영향이 그들에게서 효력을 얻으며, 개별요소들이 합성되어 새로운 복합체가 생겨난다. 십여 년 뒤에는 싸움에서 살아남은 생존자들이 서로서로 유쾌한 인사를 나눈다. 유명한 의사 데스플랭, 장관이 된 라스티냐크, 위대한 화가 브리도 등의 세련된 인간들은 인생의 높은 곳에서 의미심장한 미소를 띠는 데 반해, 루이 랑베르와 뤼벵프레는 속도조정간을 무섭게 움켜잡는다. 발자크가 화학을 좋아했고, 퀴비에Georges Cuvier와 라부아지에Antoine-Laurent de Lavoisier의 저서를 공부했던 것도 허사가 아니었다. 왜냐하면 행동과 반응, 상호 유사성, 반동과 흡입, 이탈과 분해, 해체와 결정화結

晶化의 다양한 과정 속에서, 그리고 화합물의 미세한 단일화 속에서 그는 다른 곳에서는 볼 수 없는 총체적 사회구성의 像을 반영한 것으로 볼 수 있기 때문이다. 하나하나의 개체가 풍토와 환경, 관습 및 우연성, 특히 그에게 운명적으로 와닿은 모든 것의 형상화에 의해서 만들어진 창조물이라는 것. 더욱이 그런 개체가 자신의 본질을 대기로부터 흡입하고, 그런 연후에는 제 힘으로 새로운 대기를 만들어 발산한다는 것 ─ 내부세계 및 환경세계의 이 같은 우주적 제약성이야말로 그에게는 철저한 원리였다. 그에게 예술가의 최대 사명은 따라서 무형의 것에서 유형적인 것의 압축을, 개념적인 것에서 다시 생동하는 것의 자취를, 사회적 본질 속에서 순간적으로 일어나는 정신적 소유물의 총합을 표현하고, 전체 시기의 생산물들을 특징적으로 그려 내는 데 있었던 것처럼 보인다. 모든 것은 뒤얽혀 유동하고, 모든 힘들은 위로 떠오르며 쉴 줄을 모른다. 그토록 무한정한 상대성은 일체의 연속성, 성격의 일관성 자체를 부정하였다.

발자크는 그의 인물들을 언제나 사건에 따라 형상화하고 운명의 손아귀에 들어 있는 금속물처럼 변형시킨다. 그의 인물들의 이름 자체가 변화를 내포하면서도 전혀 단일함을 보이지 않는다. 발자크의 책 이십여 권에 걸쳐서 프랑스 신흥귀족 라스티냐크 남작이 나오는 것이다. 사람들은 그를 이미 알고 있다고 생각한다. 길거리에서, 또는 살롱에서, 아니면 신문을 통하여 이 파렴치한 출세자, 짐승 같고 냉혹한 파리의 야심가를, 뱀장어처럼 법의 갖가지 허술한 틈바구니를 비집고 다니면서 퇴폐 사회의 도덕을 교묘하게 구체화하는 야심가의 전형을 본 적이 있다고 생각한다. 그러나 저기 또 한 권의 책이 있다. 그 책에는 가난한 젊은 귀족 라스티냐크가 살고 있다. 그의 양친은 많은 기대를 그에게 걸면서도 거의 무일푼으로 그를 파리에 보낸다. 주인공 라스티냐크는 유약하고 온화하며, 수줍고 감상적인 성격의 소유자이다. 그런데 그 책은 그가 어떻게 하숙집 보케에, 저 형상들의 마법적 쇠사슬에, 저 천재적 축약의 하나에 빠져드는가를 설명한다. 발자크는 거기서 잘못 도배한 네 개의 벽에다 기질과 성격들의 전체적 삶의 다양성을 포함시키고 있는 것이다.

라스티냐크는 잘 알려지지 않은 리어 왕의 비극, 고리오 영감의 비극을 통찰한다. 어떻게 포부르 생 제르맹의 겉만 번지르르한 공주들이 고리오 영감을 탐욕스럽게 농락하고, 또 어떻게 사회의 모든 비속함이 비극으로 해체되는가를 그는 깨닫는다. 마침내 그는 그의 집 하인과 하녀를 데리고 그 선량한 인간의 관棺 뒤를 따라가는 순간을 맞이한다. 분노의 순간에 그는 페르 라셰즈 언덕에서 사악한 종양처럼 더럽고 불결하다는 듯 파리를 발 아래 두고 내려다본다. 이제서야 그는 삶의 모든 지혜를 깨닫는다. 바로 이때 죄수 보트랭의 목소리가 그의 귓속에서 울려 퍼진다. 사람들을 다룰 때는 우편배달부의 말처럼 다루어야 하며, 그들을 마차에 묶어 놓고 호되게 몰아치면 죽자 사자 목적지에 도달하리라는 것이 그의 교시이다. 이 순간 그는 다른 책에 등장하는 라스티냐크 남작, 몰염치하고 냉혹한 야심가인 파리의 귀족으로 변한다. 그리고 발자크의 주인공들은 이 순간을 인생의 십자로에서 체험한다.

그들 모두는 서로가 한 발짝도 물러설 수 없는 전쟁에서의 병사가 된다. 그들 모두가 다 앞으로 진격하며, 한 사람의 시체를 넘어야 다른 사람의 길이 열린다. 각자가 자기의 루비콘강과 워털루 전쟁을 지니고 있으며, 같은 자들이 궁전이나 오두막, 판잣집에서 서로 치열한 전투를 벌인다는 사실을 발자크는 보여 준다. 그리고 성직자나 의사들, 군인들, 변호사들의 갈기갈기 찢겨진 의복 밑에는 같은 충동이 드리워져 있는바, 그걸 잘 알고 있는 인물이 보트랭이다. 그 아나키스트는 발자크의 책들에서 모든 역할을 담당하면서 열 개의 의상을 차려입고 등장하지만, 늘 동일한 인물이고, 동일한 인물로 지각된다. 현대적 삶의 균등화된 표면 아래는 점점 더 투쟁의 골이 깊어진다. 외부의 균등화에 맞서 내적인 야망이 저항하는 까닭이다. 이제는 예전의 왕이나 귀족, 성직자들처럼 자리가 예약되어 있는 것이 아니다. 누구나가 모든 것을 청구할 자격이 있고, 그리하여 그 긴장은 열 배나 첨예화되는 것이다. 가능성이 축소됨으로 해서 삶의 생명력은 배가되는 것이다.

　바로 이런 생명력의 죽고 죽이는 투쟁이 발자크를 부추긴다. 의식화된 생의지生意志의 표현으로서 목적지를 향하는 생명력이 그의 열정인 것이다. 그 열정이 선한가 악한가, 영향력이 있는가 소모적인가는 상관없다. 단지 내적으로만 강렬하면 족하다.

내면의 강렬함, 의지가 모든 것인데, 왜냐하면 바로 그것이 인간의 본질이고, 결과나 명성은 아무것도 아닌 까닭이다. 그래서 그를 결정하는 것은 우연성이다. 제과점의 진열대 위에 놓인 빵 하나를 슬쩍하는 좀도둑, 그런 소심한 친구는 무미건조하다. 유용성 때문만이 아니라 열정 때문에 강탈하는 대도大盜, 그의 실존이 몽땅 자기파멸의 개념으로 끝나는 그런 직업적 도둑이 장렬하다. 작품의 효과와 사실을 측정하는 것이 역사서술자의 과제라면, 그 저변의 원인과 내면의 충일을 창출해 내는 것은 발자크의 경우 시인의 사명으로 여겨진다. 그도 그럴 것이, 목적지에 도달하지 못하는 힘만이 비극적이기 때문이다. 발자크는 잊혀진 주인공들만을 묘사한다. 그에게는 어느 시기를 막론하고 나폴레옹만이, 1796년에서 1815년까지 세계를 정복한 역사학자들의 나폴레옹만이 존재하는 것은 아니다. 그는 나폴레옹 같은 인물을 네댓 명 더 알고 있다. 그

중 하나는 마렝고 전투에서 쓰러진 드제Louis Charles Antoine Desaix였을 터이고, 다음은 실제의 나폴레옹에 의해서 이집트로 파견되어 위대한 사건으로부터 멀리 떠나간 인물일 것이다. 세 번째 인물은 가장 무서운 비극을 겪었다고 할 수 있다. 그는 또 다른 나폴레옹과도 같았으나 전쟁의 문턱에도 들어서 보지 못했다. 그는 계곡의 급류가 되는 대신에 어느 지방에서 무심히 세월을 보내야 했다. 그러나 사소한 일에도 그는 세심한 정성을 쏟았다. 그래서 여자들을 대할 때에도, 만일 그들이 루이 14세의 왕비들이었더라면 정성과 미모 때문에 유명해졌을 것이고, 또 그 이름도 퐁파두르Pompadour나 혹은 디안 드 푸아티에Diane de Poitier처럼 세상에 널리 퍼졌을 것이라고 말한다. 그는 찰나의 불운으로 말미암아 파멸하였고, 명성 또한 얻지 못하고 사라진 시인들에 대해 언급한다. 이제라도 시인으로서의 명성이 그들에게 되돌려져야 한다는 것이다. 그는 삶의 매 순간마다 대단히 많은 생명력이 그대로 소모된다는 것을 알고 있다. 그는 감상적인 시골소녀 외제니 그랑데가 욕심 많은 아버지와 그의 조카 앞에서 몸을 떨며 돈지갑을 건네주는 순간, 그녀가 장터의 광장 어디에나 대리석상으로 빛나는 잔 다르크 못지않게 용감하다는 사실을 깨닫는다.

사회적 충동의 온갖 겉치레와 가식을 화학적으로 분해해 온, 수많은 이력을 지닌 전기작가란 허울 좋은 성과에 현혹될 수 없는 법이다. 오직 생명의 힘만을 엿보는 발자크의 순수한 눈은 언제나 사실들의 혼잡으로부터 생동감 넘치는 긴장만을 바라본다. 그의 눈이 포착하는 것은 저 소란의 와중에 있는 베레지나강변이다. 그곳에는 패주하는 나폴레옹 군대의 절망과 비굴, 영웅성의 수없는 장면들이 모두 클로즈업되고 있는 것이다. 그런데 참되고 가장 위대한 영웅을 꼽아 보자면 이름도 모르는 40명의 공병대원이었다. 3일간이나 그들은 가슴까지 차는 차갑고 거친 물살 속에서 저 휘청거리는 다리를 공사하기 위해 서 있었던 것으로, 그 다리 위로 군대의 절반이 탈출할 수 있었다.

발자크는 파리의 장막이 드리워진 창문 뒤에서 매 순간마다 비극이 있음을, 그것도 쥘리아의 죽음이나 발렌스타인의 최후, 리어 왕의 절망에 비견되는 비극이 일어나고 있음을 알고 있다. 한데 그는 계속해서 한 마디의 말을 자랑스럽게 반복했다. "나의 시민소설은 당신들의 비극작품보다도 더 비극적이다." 그도 그럴 것이 그의 낭만주의는 내부를 향하기 때문이다. 시민의 옷을 입은 『고리오 영감』에 나오는 보트랭은 노트르담의 방울 단 종지기, 빅토르 위고Victor-Marie Hugo의 꼽추 카지모도 정도로 비장한 인간이다. 그런가 하면 영혼의 황량하고 거친 경관이나 거대한 야심가의 가슴속에서 싹터 오르는 열정과 욕망의 덤불은 앙 디즐랑드의 소름끼치는 암굴만큼이나 경악스럽다. 발자크는 비장한 것을 장식물에서나 역사적, 또는 이국적인 것의 먼 전망에서 찾는 것이 아니라 고차원적인 것, 그의 완결성 속에서 하나가 되려는 감정의 승화된 충일에서 찾는다. 그는 알고 있다. 그때그때의 감정은 어떤 것이든 그 힘이 단절되지 않을 때에야 비로소 의미심장해지며, 인간은 누구나 어떤 목표에 집중하면서 흐트러짐이 없이 개개의 욕구에 온 힘을 소모할 때에만 위대하다. 인간이 위대해지는 것은 오로지 개개의 열정이 다른 모든 사람에게 주어질 수액을 자기 것으로 빨아들이고, 강탈과 탈선적 행동을 통해서 강해지는 때이다. 그는 알고 있다. 나뭇가지는 정원사가 아퀴쟁이를 잘라내거나 억제했을 때 비로소 두 배로 꽃을 피운다는 원리를.

그는 단 하나의 상징 속에서 세계를 파악하고, 혼란한 윤무 속에서 의미를 정립하는 열정의 그러한 계기들을 묘사했다. 열정을 체계화하는 일종의 기술이 그의 동력학動力學의 기본원리인 것이다. 각자의 삶은 어떤 식으로든 똑같은 힘의 총량을 소모한다는 철칙이 그것으로, 이는 어떤 환영에 사로잡혀 삶이 의지의 욕구를 사라지게 하는가와는 상관없다. 이런 철칙은 삶의 의지를 분출하여 수많은 노획물을 얻든, 아니면 그 강렬한 황홀경의 대가로 별달리 얻은 것이 없든 간에 문제시되는 것이 아니다. 그것은 삶의 불꽃이 연소되어 없어지든 폭발되어 없어지든 마찬가지라는 데 입각한다. 성급하게 인생을 사는 자는 그 인생이 짧지 않다. 통일적인 인생을 사는 자는 누구보다도 다양하게 산다. 오로지 전형만을 묘사하고자 하고, 순수한 요소를 추출해 내는 작품에 있어서는 그러한 계기만이 중요하다. 느슨한 인간들은 발자크의 관심을 끌지 못한다. 어느 정도는 전체적인 인간, 모든 촉각과 근육과 사고를 기울여 삶의 환영에 매달리는 인간만이 그의 관심거리이다. 사랑·예술·욕심·희생이든,

아니면 무모함이나 태연함, 정치든 우정이든, 이런 것에 매달리는 자가 관심의 대상이다. 그것이 그의 어떤 애호의 상징이지만, 그것이 그의 주요관심인 전체성이다. 자기창조의 종교를 꿈꾸는 이런 정열적 인간들은 좌우를 살피지 않는다. 그들은 서로 다른 계층의 말로 이야기하면서 서로를 이해하지 못한다. 골동품수집가에게 어느 여인, 세상에서 가장 아름다운 여인을 소개해 보라. 그는 그녀의 아름다움을 알아차리지 못하리라. 사랑하는 자에게 출세길을 제공한들, 그는 그것을 경멸하리라. 마찬가지로 수전노에게 돈 이외의 어떤 것을 주어도, 그는 자기 금고에서 눈을 떼지 않을 것이다. 그런데 그가 다른 무엇인가에 유혹받거나 다른 사람 때문에 자기가 사랑하는 것을 포기한다면, 그는 그것으로 끝장이다. 사용하지 않는 근육들은 급속히 이완되고, 수년 동안 긴장을 모르던 갈망은 딱딱하게 굳어지기에 그렇다.

평생 동안 한 가지 일에만 골몰하는 자, 단 한 가지 감정의 경주자는 물론 다른 분야에서는 우둔하고 약하다. 편집광이 되려고 채찍을 휘두르는 감정이 다른 사람들을 박해하고 그들의 수로를 막아서 고갈시키는 것이다. 그러나 바로 그런 감정이 다른 사람이 드러내는 가치들을 자기 내부로 빨아들여 변형시킨다. 사랑, 질투와 비애, 허탈과 황홀의 모든 눈금과 급변은 수전노의 경우 인색함으로 반영되고, 수집가의 경우에는 수집광으로 반영된다. 그도 그럴 것이, 모여진 모든 감정을 통일시키기 위해서는 언제나 절대적 계기로서의 완성이 필요하기 때문이다. 일면성의 충일은 그 감정의 내부에 이제껏 등한시되었던 욕구의 전체적 다양을 소유하고 있다. 여기에 발자크의 위대한 비극이 자리잡고 있는 것이다. 제국의 모든 은행가들을 초월하는 비상한 재주로 막대한 돈을 긁어모은 재벌 뉘생젠은 한 창녀의 손에서 놀아나는 멍청한 어린애가 되고, 저널리즘에 굴복하는 시인은 맷돌 밑에 놓여진 곡식알처럼 문드러진다. 그때 그때 상징으로 존재하는 세계의 환상은 여호와처럼 질투가 심하고, 다른 열정들의 각축을 인내하지 않는다. 그런데 열정이란 크고 작고가 없는 것이다. 그것은 이곳 저곳의 경치나 이 사람 저 사람의 꿈처럼 서열이 정해져 있는 것이 아니다. 어떤 열정도 경시될 수는 없는 것이다.

발자크는 이렇게 반문한다. "바보의 비극을 쓰지 말아야 할 이유라도 있단 말인가? 수치심이나 불안의 비극, 권태의 비극을 써서는 안 될 이유라도 있단 말인가?" 그런 것 역시 감동적이고 활동하는 힘이다. 오로지 내적으로 충분히 강렬하다면, 그 역시 의미심장한 것이다. 그것이 중단 없이 곧바로 나아가려는 노력을 보이거나 자기 운명의 둘레를 감싸듯 선회하는 한, 가장 빈곤한 삶의 곡선조차도 도약의 능력과 미의 잠재력을 소유한다. 그리고 이 힘들을 —좀 더 좋은 의미로는 이 실제적 원초력의 천변만화하는 형태를— 인간의 가슴으로부터 쥐어짜고, 대기의 압력을 통해 뜨겁게 달구고, 감정으로써 채찍질하고, 이를 애증의 영액靈液으로 취하게 하여 황홀경에 들뜨게 하는 것, 그것이 저 발자크의 편집증이었다. 그는 이런 것 가운데 하나를 우연성의 돌출부에다 내동댕이쳐서 연결을 창출하고, 그것을 다시 압착하여 분해하며, 수전노와 수집가, 야심가와 난봉꾼 사이에 교량을 건설하고, 분출하는 힘의 착종을 이리저리 옮기고, 저 운명 속에서 위협적으로 파동치는 산마루와 협곡의 심연을 열어젖히고, 이를 상하 교대로 병치시킴으로써 인간을 노예처럼 사냥하고자 애쓴다. 여기에는 나폴레옹이 그의 병사를 파견하여 오스트리아에서 방데 지역에 이르렀던, 이를테면 바다 건너 이집트나 로마, 브란덴부르크문과 그에 이어 알람브라의 언덕 밑으로, 결국은 승패를 넘어서서 모스크바에

다다랐던 세계원정과도 같이 수많은 변화가 들어 있는 것이다 ― 그중 절반을 중도에서 허비한 것은 사방에서 쏘아 대는 유탄 때문이든가 아니면 황야의 눈 때문이었다. 아무튼 전 세계를 그의 여러 인물들처럼 자르고, 하나의 경관처럼 채색하고, 그리고는 흥분에 떨리는 손으로 인형극을 지배한 것, 그것은 저 발자크의 편집증이었다.

이는 그의 작품들에서도 영원히 각인되어 있듯이 발자크라는 인물 자체가 위대한 편집광 중의 한 명이었기 때문이다. 그는 반향 없는 세계로부터 그의 모든 꿈들이 무의미하게 되울려 나오는 데서 실망한다. 세계는 그 가난한 견습작가를 포용하지 않았고, 그래서 그는 그의 침묵의 세계에 파묻혀 스스로 세계의 상징을 창조했던 것이다. 세계가 그의 것이었고, 그는 그것을 지배하여 그와 더불어 멸망하였다. 현실적인 것이 그의 곁을 사납게 지나갔고, 그는 그것을 따라가 움켜잡지 않았다. 그는 책상에 틀어박힌 채 자기 서재에 유폐되었다. 『사촌 풍스Le Cousin Pons』에 등장하는 수집가 엘리 마귀스가 그의 그림에 파묻혀 있었듯이 그는 그의 형상들의 숲에 은거해 살았다. 그의 나의 스물다섯부터는 현실이라는 것이 자기세계의 더 높은 도약을 수행하기 위한 하나의 재료, 연소물로서밖에는 별로 관심을 끌지 못했다 — 그것도 현실은 이례적인 경우에만 비극이 되곤 하였다. 그는 거의 의식적으로 살아 있는 것의 외곽에 살았다. 여기에는 두 세계의 접촉, 그와 다른 사람들의 세계 접촉이 언제나 고통스러운 관계가 될 수 있다는 우려의 감정이 작용하는 듯싶었다. 저녁 여덟 시에는 녹초가 되어 잠자리에 들었고, 네 시간가량 자고는 자정이면 깨어났다. 소란한 세계인 파리가 번쩍이는 눈을 감고, 어둠이 오솔길의 취기 어린 정경 위로 떨어져 세계가 물러가면, 그의 잠자던 세계가 깨어나기 시작했다. 그는 다른 사람들의 세계 옆에서 그의 세계를 마디마디 분절된 요소로부터 구축하였다. 그의 삶은 온통 열병으로 들뜬 황홀경의 순간들로 채워져 있었다. 이때 마비된 감각을 부단히 일깨워 독려했던 것은 진한 커피였다. 이런 식으로 열 시간 혹은 열두 시간, 가끔은 열여덟 시간 동안이나 일했다. 세계로부터 그 무엇인가가 갈라져 나와 자신의 현실로 들어올 때까지 그는 무작정 일에 파묻혔다.

이 같은 각성의 시간들을 보내는 가운데 그는 석고상 위에서 로댕이 보낸 저 눈빛의 세계를 받았다. 그것은 천주(天主)의 하늘에서 내려온 경악이나 망각된 현실에로의 갑작스러운 귀환이었다. 지극히 비장하고 거의 울부짖는 듯한 눈빛, 차디찬 어깻죽지를 세차게 거머잡는 듯한 로댕의 눈빛은 잠자리를 불현듯 털고 일어나 누군가에게 자기 이름을 불쑥 외치는 몽유병자의 거동과도 같았다. 어느 작가도 이렇게 작품에 자신을 다 바쳐 몰입하는 내면의 충일을 보인다든가, 이토록 자신의 꿈을 충실히 신봉하여 그 환영을 자기환멸의 한계에까지 접근시킨 바가 없었다. 그렇다고 해서 그가 늘 흥분을 자제할 줄 몰랐다는 것은 아니다. 그는 무섭게 돌아가는 회전축을 급격히 정지시키는 기계처럼 가상과 현실을 가름하여, 이 세계와 저 세계 사이의 날카로운 경계선을 구획할 줄 알았다.

그의 책 전편에는 신들려 일하는 중에도 그가 얼마나 그의 형상들의 실존에 믿음을 보이고 있는가 하는 일화가 가득 채워져 있다. 한 권의 책에도 간간이 우스꽝스러운 일화들이 섞여 있는 가운데, 약간은 섬뜩한 일화들이 주종을 이룬다. 예컨대 한 친구가 그의 방에 들어선다. 발자크는 그에게 느닷없이 달려들어 이렇게 말한다. "불행한 여자가 자살했다는 걸 생각해 보란 말야!" 그는 친구가 무섭게 놀라는 것을 보고서야 비로소 그가 말한 여주인공 외제니 그랑데가 자신의 행성에서만 일찍이 살아왔음을 깨닫는 것이다. 이렇게 지속되는 강렬하고 완벽한 환영을 미치광이의 병리적 망상과 구별해 주는 요인은 오직 외부의 삶과 이 새로운 현실로 이루어진 법칙들의 충일성이라 할 것이다. 그러나 망상의 지속성, 그것의 격렬함과 완결성 측면에서 보게 되면 그의 이러한 침잠은 완벽한 편집광의 행동이었다. 그의 작업은 더 이상 부지런함이 아니라 열병, 도취, 꿈과 황홀경이었다. 작업이 곧 마법의 완화제이자 수면제로서, 이런 약제가 그의 삶의 굶주림을 망각하게 하였다. 그 스스로가 어느 누구 못지않은 향락자나 방탕아 자질이 농후했다. 그는 이런 열광의 작업이 향락을 위한 수단에 불과했다고 고백한 바 있었다.

그의 책에 나오는 편집광들이 그렇듯이 이토록 무구속적인 욕구의 인간은 언제나 다른 열정을 모두 포기함으로써 그 보상을 받을 수 있었던 것이다. 그가 사랑·명예심·도박·부귀·여행·명성과 승리 등 삶을 위한 모든 감각의 자극들 없이 지낼 수 있었던 것도, 그 일곱 배의 보상을 창작에서 찾았던 데 있었다. 관능이란 어린애들처럼 어리숙하다. 그것은 순수함과 거짓, 기만과 실제를 구분할 줄 모른다. 그것은 먹어치우기만을 원하고, 따라서 체험이나 꿈과는 별개의 것이다. 평생 동안 발자크는 그의 관능을 속이고 살아왔다. 그의 향락욕은 관능에 굴복하는 체하면서 면전에서 관능을 우롱했다. 그는 관능의 굶주림을 관능을 거부한 대가로 얻어낸 요리 냄새로 가득 채웠다. 그의 체험은 그의 피조물들의 향락에 열렬히 동참하는 행위 자체였다. 그도 그럴 것이 그는 당시의 20프랑짜리 금화 열 개를 노름판에 던지고, 룰렛이 돌아가는 동안 몸을 떨고 섰다가, 짤랑거리는 거액의 당첨금을 주머니에 찔러넣던 사람이었으니 말이다. 그는 극장에서 위대한 승리를 구가하든가, 그의 여단을 이끌고 고지를 탈환하고, 지뢰를 설치해 기반이 단단

한 증권거래를 흔들어 놓았던 장본인이었다. 그의 피조물들의 모든 욕망이 바로 그의 본질적인 것으로, 이 같은 욕망이 그의 외적 삶의 궁핍을 먹어치운 황홀경이었다. 그는 고리대금업자 곱세크와 같은 인간들이나 돈을 빌리기 위해 실의에 가득 차서 그에게 찾아온 궁핍한 인간들과 유희를 즐겼다. 그는 이런 인간들을 낚시로 끌어올렸다. 그는 그들의 아픔, 그들의 욕망과 고통을 시험하듯 저 배우들의 재기 넘치는 자기연출로 간주하였다. 이때 그의 감정은 곱세크의 더러운 윗도리를 빌려 입고 말한다. "우리가 아무리 인간감정의 가장 깊숙이 감추어진 부분을 꿰뚫어 볼지라도, 그리고 우리가 그 감정의 내부에 깊숙이 들어가 그것의 발가벗은 모습을 볼지라도, 그건 아무 의미가 없는 것 아닌가?" 의지의 마법사인 그는 이렇게 꿈을 삶으로 다시 변형시켰던 것이다.

사람들은 그에 대해 다음과 같이 말했다. 젊은

시절의 발자크는 누추한 다락방에서 굳은 빵, 형편 없는 식사로 끼니를 때웠고, 테이블의 접시 가장자리에는 분필로 표시를 해 두었는데, 그 한가운데에다 먹어 본 것 중에 가장 맛있는 음식의 이름을 적어두었노라고. 그런데 이유인즉 딱딱하게 굳은 빵을 깨물면서 단지 의지의 암시를 통해 가장 값비싼 음식 맛을 느끼기 위해서라는 것이었다. 그가 여기서 즐겨하는 음식을 맛보고자 하고 또 실제로도 맛보았던 것처럼, 그는 삶의 모든 자극을 책이라는 영생의 불로초를 빌려서 무한정 흡입하였고, 자신의 가난을 소설에 등장하는 그의 노예들의 부와 사치로써 위장하였다. 영원히 죄책감에 쫓기고, 믿음으로 고뇌하였던 발자크는 저 형이하학적인 자극을 느끼지 않을 수 없었다. 수십만 프랑의 부채라고 휘갈겨쓴 그의 메모에서도 이는 드러난다. 발자크라는 인간은 엘리 마귀스의 아름다운 상像들에 몰두하였고, 이 두 영주 부인을 그녀들의 아버지인 고리오 영감보다도 사랑하였다. 그런가 하면 세라피투스와는 한번도 보지 못한 노르웨이의 피오르에 올랐으며, 뤼벵프레와 함께 여인들의 경탄하는 눈빛을 향유하였다. 그는 정말이지 자신을 위하여 모든 인간에게서 분출하는 용암 같은 욕망을 방출하였고, 그들의 행운과 고통을 대지의 밝고 어두운 자양분으로부터 주조해 냈다. 어느 시인도 그처럼 자신의 형상들과 향락을 나눈 바가 없었다. 그가 그토록 갈망하던 부富의 마법을 묘사하는 곳이면 어디서나 에로스적 모험에서 보다 강렬하게 자기최면자의 도취 및 고독한 인간의 몽환을 감지하게 된다.

이런 것이 그의 가장 깊은 내면의 열정이었다. 주식의 급속한 등락, 폭리와 파산, 이리저리 옮겨 다니는 자본들의 투매, 대차대조표상의 이익 증대, 가치들의 급변, 무한히 반복되는 도산과 성공, 이런 것이야말로 그의 열정의 산물이었다. 그는 벽

력처럼 나타나 수백만의 금액을 불쑥 걸인에게 넘겨주고는, 다시금 수은처럼 부드러운 손으로 자본을 슬그머니 흘려보내어, 황금의 마술인 포부르 궁전을 욕정으로 채색한다. 그렇지만 수백만, 수십억의 금액은 언제나 저 관능의 마지막 욕구로 목을 꾸르륵거리는 사람에게서 '더 이상 말할 수 없음'으로 얼버무려진다. 세라유의 여인처럼 관능적인 모습으로 궁전 내실의 호화가구들이 정열되어 있고, 제왕의 옥쇄처럼 권력을 상징하는 휘장들이 펼쳐져 있다. 그의 원고들 속에까지 이 열기가 타들어가는 것이다. 원고를 보게 되면 처음에는 잔잔하고 고상하던 글귀들이 돌연 성난 사람의 핏줄처럼 솟구치고, 이리저리 비틀대면서 성급해져서는, 그의 지친 신경을 촉발하는 커피 자국의 더럽혀진 지면 위로 미친 듯이 날뛰고 다닌다. 그리하여 우리는 과열된 기계의 거의 끊임없이 덜커덩거리는 신음과 그 기계 제작자의 망상적이고 미친 듯한 경련의 울부짖음을, 모든 것을 소유하고 갖고자 하는 언어의 난봉꾼 돈 후안의, 아니 인간의 욕심이 내는 소리를 듣는다. 여기서 우리는 교정지 속에 끼어 있는 영원히 불만스러운 욕구가 다시 한번 강렬하게 폭발함을 목도한다. 그는 이미 빳빳하게 굳어 냉각된 육체를 통하여 다시금 살아 고동치는 글들을 좇기 위해서 그 교정지의 빳빳한 몸체를 계속해서 열어젖혔던 것이다.

그런 거인적 작업은 그것이 환락이 아니었더라면 그저 애매한 상태로 남아 있을 것이다. 부언하건대, 환락은 모든 권력 형태를 금욕적으로 거절하는 인간, 예술을 표현의 유일한 가능성으로 믿었던 한 정열적인 인간의 유일한 생의지였다. 물론 한두 번쯤 다른 실질적인 것을 잠깐 꿈꾸기도 했었다. 그가 창작하는 일에 절망을 느껴 현실적인 재력을 원했을 때, 그는 최초로 실제적인 삶에 종사했다. 그는 투기꾼이 된 적도 있었고, 인쇄소와 신문사도 차렸다. 그러나 배반자에게는, 언제나 운명이 준비해 놓고 있는 저 아이러니가 있게 마련이다. 자기가 쓴 책에서는 투기로 한 건 올리기라든가 대소 사업의 기교, 고리대금업자의 술책과 같은 모든 것을 알고 있었던 그였다. 그는 사물 하나하나의 모든 가치를 알고 있었고, 그의 작품에 등장하는 수많은 인간들에게 실존의 근거를 정립하여 올바르고 논리정연한 구성 능력을 쟁취한 바 있었다. 실로 그랑데, 포피노, 크레벨, 고리오, 브리도, 뉘생젠, 베어브루스트와 곱세크를 능란한 솜씨로 만들어 낸 그였다. 그런데 바로 그 자신의 자본을 몽땅 날리고, 치욕스럽게 파산했던 것이다. 남아 있는 것이라고는 그가 인생의 반세기 동안이나 그의 널찍한 고역의 어깨 위에 끌고 다녔던 채무의 엄청난 무게였다. 그리고 어느 날 그는 그 무지막지한 노역 때문에 혈관 파열로 쓰러지고 말았다. 그의 온 정성이 담겨 있었던 유일한 것, 예술의 버림받은 열정이 무서운 업보로 그에게 다시 돌아왔던 것이다.

다른 사람들에게는 체험과 현실 위에 높이 떠 있던 기적의 꿈, 바로 사랑이 비로소 그에게 꿈의 체험이 되었다. 이국의 여인으로서 그의 후처가 된 한스카 부인은 저 유명한 편지를 받았고, 그를 대면하기도 전에 이미 그로부터 정열적인 사랑을 받았다. 그녀가 아직 현실이 아니었을 때, 그녀는 이미 금빛 눈동자의 소녀처럼, 델핀과 외제니 그랑데처럼 그로부터 정열적인 사랑을 받았던 것이다. 진정한 작가에게는 그의 꿈과 같은 창조의 열정 이외의 어떤 열정도 일탈이다. "문인은 창녀를 멀리해야 한다. 왜냐하면 창녀는 그를 타락시키기 때문이다. 문인은 형태를 그리는 것으로 만족해야 한다"고 그는 시인이자 소설가 테오필 고티에T. Gautier에게 말했다. 그 역시 가장 내면의 본질로부터 사랑한 것은 한스카 부인이 아니라 그녀에 대한 사랑 자체였다. 그는 자신에게 닥쳐온 상황들을 사랑한 것이 아니라 창조적 상황들을 사랑했던 것이다. 그는 아주 오랫동안이나 현실의 굶주림을 채우기 위해 환상을 먹고 살았고, 그럼으로써 절정의 순간을 맞이한 배우들처럼 그의 열정을 신봉하게 되었다. 그는 전심전력을 다하여 이 창조의 열정에 헌신하였고, 화염이 피어올라 밖으로 번질 때까지, 그리하여 멸망에 도달할 때까지 내면의 연소 과정을 끝없이 촉발시켰다. 그의 신비로운 단편소설에 나오는 고라니과 동물의 요술가죽처럼, 책이 한 권씩 나올 때마다 소망은 성취되는 데 반해 그의 삶은 점점 더 시들어 갔다. 노름꾼이 카드에 미치고, 술주정뱅이가 술에, 환각자가 저주받을 마약에, 난봉꾼이 여자에게 미치듯 그는 편집중에 굴복하였다. 분에 넘치도록 소망을 성취함으로써 그는 파멸했던 것이다.

꿈을 피와 생명력으로 채웠던 그 거대한 의지가 자기 마법에 홀려 생의 비밀을 관조하고, 이를 세계법칙으로 내세웠다는 것은 당연지사일 뿐이다. 자신에 관해 아무 말도 하지 않았고, 오로지 변화하는 존재로서 프로테우스처럼 천변만화의 형상을 가졌던 사람이 개별 철학을 가질 수는 없었다. 왜냐하면 그는 만물을 자신의 내부로 육화시켰기 때문이다. 그런 인간은 수도승과도 같아서 무상의 정신이 수천 개의 육신으로 미끄러져 들어가 그들 삶의 환영들에 망아지경으로 동화되었던 것이다. 그리하여 어떤 때는 낙관주의자, 어떤 때는 박애주의자, 때로는 비관주의자와 상대주의자로 시시각각 얼굴을 바꾸었다. 그는 유동하는 물결처럼 모든 견해와 가치를 자기 내부로 끌어들이고 내보낼 수 있는 능력의 소유자였다. 그에게는 불굴의 의지만이 진실하고 영원하였다. 그것은 저 마법의 언어 '열려라 참깨'의 주문처럼 그와 이방인, 모르는 사람들 모두의 가슴 앞에 놓인 암석을 활짝 열어 주었다. 그가 그들 감정의 가장 어두운 심연으로 떨어져 내려가, 거기서 그들이 체험으로 얻어 낸 보석을 짊어지고 다시금 그 심연 위로 올라올 수 있었던 것도 이 불굴의 의지 덕분이었다. 틀림없는 사실은 그가 어느 누구보다도 정신적인 것을 넘어서서 물질적인 것으로 변화하는 권력을 의지의 작용으로 돌리고, 이를 삶의 원칙과 세계명령으로 느끼는 경향을 보였다는 점이다. 그는 의지라고 하는 바로 이 유동체가 나폴레옹 같은 인간으로부터 발산되어 세계를 뒤흔들고 제국을 무너뜨렸으며, 또한 제후들을 선동하여 수백만의 운명을 혼란에 빠뜨렸음을 의식했다. 그리고 외부로 나가려는 정신적인 것의 이 순수한 기압이 물질적인 것에서도 발현되어 외형을 변형시키고, 육체 전체의 자연현상으로 유입될 수 있다는 것 역시 의식했다. 어느 인간에게나 계기적으로 발현되는 감흥이 표현을 촉발하고 심지어는 야수 같고 둔감한 성향 자체를 미화 내지 특질화하듯이, 끈질긴 의지와 항상적인 열정은 그런 성향들의 소질을 겉으로 끄집어 내는 까닭이다.

얼굴이란 발자크에게 석고상처럼 드러난 생의지이자 용광로에서 광석에 부어진 성격이었다. 그리고 고고학이 석화된 퇴적암에서 문화 전체를 인식해야만 했듯이, 그에게는 하나의 용모와 한 인간을 둘러싼 분위기에서 그것의 내적 본질을 인식하는 것이 작가의 요구인 것 같았다. 이 같은 관상학적 관심 때문에 그는 프란츠 요제프 갈Franz Josepf Gall의 학설, 즉 뇌수에 잠재된 능력의 형태학을 즐겨 읽었고, 마찬가지로 얼굴에서 살과 뼈로 변화된 생의지, 외부로 뒤집고 나온 성격만을 관찰한 요하나 라바터Jo-hana Lavater의 학설을 연구했다. 내면과 외면의 비밀스러운 교대작용, 이 마술이 강조하는 모든 것을 그는 성취했다. 그는 의지가 하나의 매개물에서 다른 매개물로 옮겨 가는 자성적磁性的 전도의 성격을 띤다는 프란츠 메스머F. Mesmer의 학설을 신뢰했고, 이런 관조를 스베덴보리Swedenborg의 신비적 성령설과 접합시켰다. 그리고는 완전히 이론으로 충실하지 못한 그 모든 취미들을 그의 사랑스런 인물 루이 랑베르 학설에다 요약하였다. 자기초상과 내면의 완성을 향한 동경이 미묘하게 일치되는 저 요절자의 기이한 형상이 그것이다.

개개인의 얼굴이란 그에게 해독되어야 할 수수께끼였다. 그는 어느 사람의 얼굴에서든 동물의 관상을 인지할 수 있노라 주장했고, 얼굴에 떠오른 비밀스러운 징조를 보고 죽음의 운명을 판단할 수 있다고 믿었으며, 길거리를 지나가던 사람들 각양각색의 용모와 움직임, 차려입은 의상으로 미루어 직업을 알아차릴 수 있노라 자부했다. 그러나 이러한 직관적 인식이 아직도 그의 눈의 마법 가운데 최고라고 할 수 없을 것이다. 그도 그럴 것이 이 모든 것은 그저 현재의 것으로 존재하는 것만을 포괄하기 때문이다. 그의 가장 깊은 동경은 집중력을 통하여 계기적인 것뿐만 아니라 자취로부터 나타난 과거의 것, 내리뻗은 뿌리에서 미래의 것을 감지할 수 있었던 저 수상가手相家들, 아니 점성가 내지 예지자들의 형제처럼 되는 것이었다. 태어날 때부터 '제2의 눈'이라는 혜안을 소유한 이들 모두가 외부로부터 가장 내적인 것을, 특정선상에서 무한정한 것을 인지할 수 있다고 자처하는 사람들로서, 그들은 희미한 손금을 보고도 감추어진 인생의 짧은 여정과 미래로 들어가는 뒤안길을 인도해 줄 수 있는 능력자였다. 발자크에 따르면 그런 마법의 눈은 자기의 지성을 수천 갈래로 분산시키지 않고 —집중화의 이념이란 발자크에 있어 영원한 순환이다— 그것을 안으로 갈무리하여 단 하나의 목적만을 향해 전진해 나가는 저런 자들에게만 주어져 있다는 것이다.

'제2의 눈'을 소유할 수 있는 재능은 물론 마법사와 예지자의 재능만은 아니다. 어린애를 상대하는 어머니들은 '제2의 눈', 순간적 투시력이라든지 틀림없는 천재의 특징을 갖고 있다. 발자크 소설에 나오는 의사 데스플랭도 그런 능력을 소유하고 있다. 그는 환자의 고통스러운 상태를 보고 즉시 병고의 원인과 남은 생의 가능한 한계를 결정한다. 천재적인 군인 나폴레옹 원수가 대표적인 사례였다. 그는 여단이 투입되어야 할 장소를 그 즉시 인지해 냄으로써 전장의 운명을 좌우했다. 그 밖에도 발자크의 많은 인물들이 그러했다. 유혹자 마르세이는 찰나의 기회를 포착하여 한 여자를 망가뜨리고, 투기꾼 뉘생젠은 적당한 기회를 빌려 주가의 대폭등을 일으켜 성공한다. 영혼의 하늘을 예견하는 이 모든 점성가들은 내부를 꿰뚫어보는 혜안 덕분에 그들만의 과학을 갖고 있다. 이들의 육안은 망원경을 통해 내다보듯 먼 지평을 바라보며, 거기서 잿빛 혼돈만을 가려낸다. 바로 여기에 시인의 비전과 학자의 연역법, 즉 신속하고 자발적인 개념

과 느리면서도 논리적인 인식 사이의 유사성이 은
연중에 정지해 있는 것이다. 자기직관의 전망이라
는 것도 개념화되지 않고, 또 때로는 작품을 거의
잘못된 시각으로 관조하여 난해함을 낳았던 발자
크는 논리적으로는 설명할 수 없는 신비주의의 경
향을 짙게 띨 수밖에 없었다. 재래의 가톨릭주의는
이 거장의 신비주의를 만족시킬 수 없었던 것이다.
그런데 그의 가장 깊은 내면의 본질에 들어차 있었
던 이 마법의 알맹이, 그리고 예술을 생의 화학물
이자 연금술로 만드는 이 비개념성이 그의 후배 작
가들, 특히 에밀 졸라E. Zola를 위시한 자연주의 모
방자들과는 반립되는 한계치였다. 졸라가 돌조각
하나하나를 세심하게 긁어모으는 동안, 발자크는
마법사 곁을 선회하면서 벌써 수천 개의 창문이 달
린 궁전을 건축해 냈던 것이다. 작품에 대한 열정
이 그토록이나 대단하지만, 첫인상은 언제나 생의
대여물인 작업이 아니라 마법이라고 하는 뜻밖의

선물에서 유래했다.

발자크는 창작에 몰두한 수년 동안에는 더 이상 연구도 실험도 하지 않았다 — 이런 것이 형상을 얻으려는 비밀의 알 수 없는 구름처럼 떠 있는 것이다. 그는 소설을 쓰기 전에 개별 인물에 대한 자료를 작성한 졸라나 얄팍한 책 한 권을 쓰기 위해 도서목록을 마구 뒤진 플로베르처럼 더 이상 관찰하지 않았다. 창작 시의 발자크는 여간해서는 그의 세계 밖에 있는 그런 세계로 돌아가지 않는다. 그는 옥살이 같은 자신의 환각 속으로 유폐되어 들어가 작업실의 고문의자에 틀어박혔다. 간혹 그가 가벼운 산책 중에 한번쯤 현실로의 여행을 기도하는 경우는 있었다. 이를테면 자신의 출판인과 다툰다거나 교정지를 인쇄소에 넘긴다든가, 또는 친구 집에서 식사하거나 파리의 잡화점들을 여기저기 기웃거리기 위해 외출할 때면, 그가 집으로 가져온 것들은 언제나 작품의 사전 정보라기보다는 추후 확증이었다. 그럴 수밖에 없는 것이, 그가 글쓰기를 시작한 당시에는 이미 전체 삶의 지혜가 어떤 비밀스러운 방식으로 그의 내부로 밀려들어 와서는 하나로 합류되고 축적된 상태였기 때문이다. 그리고 이것이야말로 셰익스피어William Shakespeare의 거의 신비로운 현상과 더불어 세계문학의 최대 수수께끼라 할 것이다.

실로 모든 직업계층들, 기층의 내용물들, 기질과 특수한 성격에서 우러난 그 막대한 지식의 축적이 언제 어디서 어떻게 뿌리내렸는지, 이것이야말로 수수께끼라 할 것이다. 청춘기의 3, 4년간 그는 공증인 사무실의 서기로, 그리고 나서는 출판인으로, 동시에 대학생으로 직업생활에 들어섰던 적이 있었다. 그러나 이번의 몇 년간은 모든 것, 전혀 설명할 수 없고 전혀 예측할 수 없는 사실들의 완벽함, 온갖 성격과 현상들에 대한 지식을 총동원했다. 그는 이 몇 년간 믿을 수 없을 정도로 관찰에 열중해야 했다. 그의 눈빛은 대상을 무섭게 빨아들이는 눈빛, 만나는 것이면 죄다 흡혈귀처럼 안으로, 내적인 것으로, 회상 속으로 잡아채는 갈망의 눈빛이 되었다. 어떤 것도 퇴색되거나 유실되지 않고, 어떤 것도 뒤섞여 혼탁해지지 않는 회상 속으로 잡아채 빨아들이는 눈빛이 되었다. 그리고 그의 의지와 소망의 손길이 회상의 편린을 조용히 어루만지자, 모든 것은 질서 있게 정렬되고 축적되어 탑처럼 높이 솟아올랐다. 그러자 기다렸다는 듯 회상의 모든 것은 그의 본질적인 측면을 부단히 향하는 동시에, 과거의 깃털을 벗어내고 도약할 채비를 갖추었다.

발자크는 모든 일의 내막을 알고 있었다. 소송, 전쟁터, 증권시세의 조작 및 부동산 투기, 화학의 내밀한 본질, 향수 제조업자의 책략, 신학자들의 논쟁이나 신문사 경영, 극단의 속임수와 그 밖의 무대들에서 벌어지는 허위, 그리고 무엇보다 정치를. 어슬렁거리는 데는 정통한 자였던 그는 지방의 곳

곳뿐만 아니라 파리의 세계를 알고 있었다. 책 속에 파묻히듯 혼잡한 거리의 특징을 속속들이 읽고 있어서, 그는 어느 집이 언제 어느 사람에게서 어느 누구를 위해 지어졌는지 알고 있었고, 심지어는 대문 위에 새겨진 문장 모양의 자세한 내용이나 건물양식의 전반적인 시기까지도 알아내었다. 실로 그가 알고 있는 것은 그뿐만이 아니었다. 작품에서 나타나는 바와 같이 집세를 알아내서는 그 집의 각층마다 적당한 인원을 거주시켰고, 가구들을 들여보내 그곳에 행복과 불행의 분위기를 채워 넣었다. 이를 통해 운명의 보이지 않는 그물이 1층에서 2층, 2층에서 3층까지 휘감겨 있는 것이다. 그는 백과사전적 지식을 소유하고 있었다. 이탈리아의 화가 팔마 베키오Palma Vecchio의 그림이 얼마나 가치 있고, 헥타 바이델랑드의 가격은 얼마인지, 얼마를 주면 최고급 넥타이와 이륜마차를 살 수 있고, 얼마를 주면 하인을 부릴 수 있는지를 알고 있었다.

그는 고상한 인간들의 삶, 부채 더미에서 헤어나지 못하면서도 단 일 년 만에 이만 프랑을 써 버리는 사람들의 삶을 알고 있었다.

그러나 여기서 책 두 장만 넘기면 불쌍한 연금생활자의 실존이 본격적으로 펼쳐지는데, 찢어진 우산과 부서진 창틀은 그의 고통으로 짜여진 인생 속에서 결국 파탄에 이르게 되는 것이다. 다시 책 몇 장을 넘기면, 이제 작가 발자크가 빈자들 가운데 섞여서 그들을 좇아간다. 이는 마치 각자가 자신의 먹고살 돈 몇 푼을 벌어들이는 것과 같은 방식이다. 물장수로 연명하는 가난한 오베르뉴 사람, 그의 동경은 물통을 끌어와야만 하는 데 있는 것이 아니라 작은 조랑말 한 마리를 갖는 데 있으며, 대학생과 여재봉사를 포함한 이 모든 사람이 대도시의 거의 식물적 생존을 영위한다. 수많은 경관이 작품에 나타나지만, 경관 하나하나가 자기운명의 배후로 걸어가 그 운명을 형상화할 채비를 갖춘다.

그런데 모든 경관은 그의 관조의 눈길 한 번에 다른 사람들이 수년간 살아온 세월의 그것보다는 훨씬 명료해진다. 잠깐 한 번 눈길로 매만진 모든 것을 그는 알고 있었다. 예술가의 기이한 역설 같지만, 그는 본 적도 없는 것을 알고 있었다. 그가 노르웨이의 피오르와 사라고사의 절벽을 꿈에서 일깨웠을 때, 그것은 현실과 같게 되었다.

놀라운 것은 재빨리 움직이는 상상의 속도이다. 그의 능력은 남들이 사방에 걸치고 수없이 둘러입고 응시한 것을 적나라하게 인식할 수 있었다는 점일 것이다. 그가 사물들의 표면에서 벗겨 낼 수 있었고, 또 그 사물들이 그에게 내적 본질을 드러내었다는 사실은 모든 면에서 그의 특징이자 모든 이에게 비밀의 열쇠였다. 외부의 인상들은 그를 향해 껍질을 벗었고, 모든 것은 과실의 씨앗처럼 그의 의미가 되었다. 단번에 그는 비본질적 현실의 주름살에서 핵심적인 것을 갈취했지만, 층층을 도

려내듯 천천히 여유를 두어 그것을 파헤치는 것이 아니라, 화약을 가지고 광산을 폭파하듯 삶의 금광을 폭파한다. 그는 즉각 이 실제적 삶의 형식들을 통하여 포착할 수 없는 것 또한 포착한다. 삶 위에서 가물가물 떠다니는 행복과 불행의 분위기들, 하늘과 땅 사이에서 부유하는 진동, 가까이 들려오는 포성과 대기의 급변 등이 그것이다. 남들이 보기에는 유리로 된 진열장에 놓여 있듯 그저 차갑고 희미한 윤곽일 뿐인 것을, 그의 온도계처럼 예민한 마술적 감수성은 열기 있는 상황으로 감지한다.

이렇게 무섭게 뛰어난 직관적 통찰이 발자크의 천재성인 것이다. 예술가라는 명칭이 힘의 분배자, 질서와 형태의 조각가, 결합하고 해체하는 사람 등의 그 무엇이든 간에, 발자크에게는 이렇다 할 예술가의 성격이 뚜렷하게 느껴지지 않는다. 그는 흔히 예술가라 불리는 그런 자가 전혀 아니라고 사람들은 말하려고 할지 모른다. 그만큼이나 그는 천재였다. "그런 저력을 가진 자는 예술을 필요로 하지 않는다." 이 말이 그에게도 역시 합당하다. 왜냐하면 실제로 그의 경우 힘이 너무도 장엄하고 웅대하여서, 원시림의 가장 자유로운 동물들처럼 길들여지는 것에 강력히 항거하기 때문이다. 그 힘은 제멋대로 자란 덤불이나 거센 냇물, 뇌우처럼 아름답고, 미적 가치가 오로지 자기표현의 충일 속에서 성립되는 저 모든 사물들처럼 아름답다. 그런 힘의 아름다움은 균형과 장식, 보조물, 치밀한 분할을 필요로 하지 않는다. 그것은 자기 힘의 억제되지 않은 다양성을 통해서 작용한다.

발자크는 그의 소설들을 결코 치밀하게 구성하지 않았다. 열정에 파묻히듯 그의 소설에 침잠했고, 소재 내지 맨살에 파고들듯 묘사와 언어에 파고들었다. 그는 거기서 인물들의 모습을 추려 내는데, 나폴레옹이 그의 병사들에게 했던 것처럼 그들을 모든 계층·가족·프랑스 지방 전체로부터 선발하여 여단으로 분할한다. 어떤 자는 기병으로 만들고, 어떤 자는 포병대에 배속하고, 또 어떤 자는 훈련소에 입소시키고, 또한 그들 소총의 약실에 화약을 장전시켜서 그들 내부의 억압할 수 없는 충동에 굴복시킨다. 그의 『인간희극』은 그 멋들어진 —그러나 부가적인!— 머리말에도 불구하고 어떤 계획도 내포하지 않는다. 삶이라는 것이 발자크 자신에게 무계획적으로 비쳐졌듯이 그것은 어떤 계획도 지니지 않는다. 그것은 도덕이나 전망을 겨냥하지 않는다. 『인간희극』은 그 자체가 변화하는 것으로 존재하면서 영원히 변화하는 것을 보여 주고자 한다. 이 모든 영고성쇠 속에서 지속적인 힘이란 있을 수 없고, 다만 구름과 빛으로 짜여진 대기처럼 비물질적인 힘만이 존재하는바, 우리는 이를 시대Epoche라 칭한다. 그들의 상호 일치에 따라 비로소 시대를 결정하는 인류는 반대로 그 시대에 의해 창조된다는 것, 그리고 그들의 도덕과 감정이 그들 자신과 마찬가지로 창조물이라는 것, 이는 어쩌면 새로운 우주의 유일한 법칙일지 모른다. 발자크에 의하면 파리에서 덕성이라 불리는 것이 아조레스군도 밀림지역에서는 악덕이다. 어떤 것에 대해서도 고정불변의 가치는 존재하지 못하며, 정열적인 인간들이 세계를 평가해야 한다는 것이다. 발자크는 정말 그런 식으로 여자를 평가한다. 여자가 자신을 필요로 하는 한, 늘 그녀는 가치 있다고 발자크는 말한다. 이렇게 변화하는 것에서 남아 있는 것을 손쉽게 얻는 것을 거부하는 시인 ―이미 그 자신이 시대의 창조물 내지 피조물일 따름이기에― 의 사명감은 자기 시대의 기압과 정신적 상황, 보편적 힘의 교대작용을 묘사할 수 있는 법이다.

그는 사회적 기류를 측정하는 기상학자, 의지의 수학자이자 열정의 화학자, 국가적 근원형식의 지질학자, 다시 말해 다면적인 학자이기를 원했다. 모든 도구를 사용하여 시간의 형체를 간파하고 엿

들는 학자, 동시에 모든 사실의 수집가, 사실적 경관을 그리는 정열의 화가, 그 이념들을 추구하는 군인, 이런 자가 되려는 것이 발자크의 명예심이다. 이 때문에 그는 광대무변의 사물들을 그리는 데 전력을 기울였다. 그리하여 철학자 이폴리트 텐 Hippolyte Taine의 확언을 빌리자면 그의 작품은 셰익스피어 이래로 있었던 인간기록들 가운데 가장 거대한 전시장이 되었다. 발자크는 개별작품이 아니라 전체로 평가받기를 원한다. 그는 산악과 계곡, 무한정한 지평, 음침한 심연과 급류로 이루어진 하나의 경관처럼 관찰되기를 원한다. 발자크와 더불어 소설을 내적 세계의 백과사전으로 보는 사고가 시작된다 — 도스토옙스키가 등장하지 않았다면 이 또한 단절되었을 것이다. 그의 선배 작가들은 줄거리의 미약한 동력을 앞으로 추진시켜 나가기 위해 오직 두 가지 방식만을 알고 지켰다. 즉 그들은 돌풍처럼 항해를 촉진시켜 선박을 앞으로 가게

하는 외부로부터의 우연적 영향을 작품의 토대로 하거나, 아니면 오로지 사랑의 전환점이 되는 에로스적 충동만을 내적 동력으로서 선택하였다. 발자크는 여기서 에로스적인 것의 변형을 시도했다. 그에게는 욕구하는 두 종류의 인간이 존재한다. 말하자면 욕망에 들떠 있고 야망 있는 인물들만이 그의 관심의 대상이었다. 본래적 의미에서 에로스적 인간이란 그들의 성좌가 사랑이고, 그 성좌 아래서 태어나 사멸하는 몇몇 남성과 거의 모든 여성들이다. 그렇지만 에로스에서 분출되는 힘들이 유일한 것이 아니고, 정열의 급전急轉이라는 것도 그 밖의 인간들에게서 얼마든지 볼 수 있으며, 원초충동 또한 다른 형식이나 다른 상징을 빌려서 사방에 흩어지고 분산될 수 있다는 것을 그는 보여 주었다. 이 같은 적극적 인식을 통하여 발자크의 소설은 변화무쌍한 다양성을 획득하였다.

그럼에도 불구하고 두 번째 근거에서 볼 때, 발자

크는 소설에 현실성을 부여했다. 무엇보다 돈이 그의 소설에 등장하였다. 절대적 가치를 인정하지 않았던 그는 상대성의 통계자로서 외부의 도덕적, 정치적 가치 및 사물의 미적 가치를 자세히 관찰했다. 특히 우리 시대에 들어와 절대적 가치에 근접한 돈의 가치, 저 보편타당한 가치에 대해 주목했다. 어느 사물이든 돈의 가치를 통해서 결정되고, 정열이라는 것도 돈의 물질적 희생을 통하여, 그리고 개개의 인간 모두가 겉으로 드러난 화폐소득을 통해서 결정되는 것이다. 숫자는 발자크가 탐구의 과제로 설정한 모종의 대기권 상태를 대치하는 측량계가 되고 있다. 그런데 돈은 그의 소설 속에서 순환한다. 거대한 자산의 증가와 붕괴, 위험천만한 투기가 묘사될 뿐만 아니라, 라이프치히와 워털루 전쟁에서처럼 정력을 고갈시키는 대살육전, 욕심과 증오, 사치와 야망으로부터 생겨나는 대략 20여 가지의 전형들이 작품에 선보인다. 그뿐만 아니라 돈을 위해서 돈을 사랑하는 저 비속한 인간들, 아니 상징을 위해서 돈을 사랑하는 인간들이 등장하는데, 그들에게 돈은 오직 목적에 도달하기 위한 수단일 뿐이다. 발자크는 돈 자체가 어떻게 가장 고귀하고 섬세하며 비물질적인 감각들 속으로 스며들었는가를 수많은 예로써 보여 준 최초의 가장 대담한 시인이었다. 그가 그리는 모든 인간들은 우리가 인생을 살아가면서 무의식중에 행동하는 방식을 정확히 반영한다. 파리로 오는 그의 신출내기들도 훌륭한 사교계에 드나드는 것이 얼마나 돈이 들고, 또 고상한 예복이나 반짝이는 구두, 새로운 마차, 주택과 하인, 수천 가지 잡일 및 잡동사니에 얼마의 비용이 드는지를 재빨리 알아차린다. 그리고 그 모든 것을 지불하고 경험을 통해 체득하고 싶어 한다. 그들은 구식 조끼를 입었기 때문에 멸시당하는 참담한 결말을 인지할 뿐만 아니라, 돈이나 수표만이 굳게 닫힌 통로를 깨 버린다는 것 또한 그 즉시 알아차린다. 이 작은 모멸감이 끊임없이 자라나서 거대한 정열과 강인한 야망이 되는 것이다.

발자크는 이런 자들과 함께 다닌다. 그는 방탕아들의 뒤를 따라가 그들의 지출을 산출하고, 고리대금업자에게는 이윤을, 상인에게서는 수입을, 멋쟁이들에게서는 부채를, 정치가들에게서는 그들의 뇌물을 산출한다. 총결산액은 상승하는 불안감의 체온계 숫자, 점점 더 가까워지는 파국의 위태로운 기압을 가리킨다. 돈이 보편적인 명예심을 물질적으로 실추시키고, 그것이 모든 이의 감정을 침윤했을 때쯤이면, 사회적 삶의 병리학자 발자크는 병든 육체의 위기를 인식하기 위하여 어김없이 혈액정밀검사를 실시했고, 그럼으로써 그것에 내재된 돈의 내실을 상당 부분 입증해 냈다. 요컨대 모든 이의 삶은 돈의 내실로 포만해 있는 것이다. 그것은 기진해진 폐에 공급되는 산소와 같아서 누구에게나 필수적인 것이다. 하지만 사랑하는 사람이 그런 행복을 위해 사랑하는 것이 아닌 것처럼, 명예심도 그런 식의 명예심을 탐하지 않는다. 적어도 예술가가 이에 속하는데, 그것을 가장 잘 알고 있었던 사람은 두 어깨 위에 수십만 프랑의 빚더미, 그 무거운 중량을 짊어지고 있었던 발자크 자신이었다. 가끔은 달아나듯 ─일에 빠져서─ 어깨 위에 짊어진 짐을 내팽개쳤지만, 결국은 그것으로 인해 그는 무너지고 말았다.

간과할 수 없는 것은 그의 작품이다. 열여덟 권 안에 한 시대와 세계, 한 세대가 들어 있는 것이다. 그때까지 아무도 그토록 강력한 것을 시도한 바 없었고, 과도한 의지의 불손이 그토록 훌륭하게 보상받는 일이 없었다. 밤이면 자기들의 밀폐된 세계에서 달아나 새로운 상像, 새로운 인간이 되기를 원하는 향락자들이나 휴식자들에게, 그는 짜릿한 흥분과 변화의 유희를 수여하였다. 극작가에게는 수많은 비극의 소재를, 학자 —어느 포식가가 먹다 남은 식탁의 찌꺼기처럼 태만한— 에게는 문제와 자극의 충족을, 그리고 사랑하는 사람에겐 황홀경의 불타는 등불을 선사하였다. 그러나 시인들에게 물려준 유산이야말로 가장 막대한 것이다. 『인간희극』의 초안 속에는 완성된 소설 외에도 미완성 소설 및 미처 손대지 않은 40여 권의 소설이 있다. 그 중에 하나는 '모스크바'라는 제목이, 또 하나는 '바그람의 평원'이라는 제목이 붙어 있다. 그 밖에도 어떤 것은 빈 전투를 다루는가 하면, 또 다른 어떤 것은 수난의 삶을 다룬다. 이 소설 전부가 끝을 보지 못한 것이 오히려 다행일지 모른다. 발자크는 언젠가 이렇게 말한 적이 있었다.

"천재는 언제든지 그의 사고를 행위로 옮길 수 있는 자이다. 그러나 정말 위대한 천재는 이 실행력을 부단히 펼쳐 나간다. 그렇지 않다면 그는 신과 다름없으리라."

　만일 그가 이 모든 것을 완성할 수 있었고, 열정과 사건의 원환을 완전히 자기 내부로 되돌릴 수 있었다면, 그의 작품은 한층 더 불가해한 것으로 변했을 것이다. 그리하여 그의 작품은 도달 불가능한 성격으로 말미암아 모든 후세들에게 괴물적인 것, 놀랍기 그지없는 것이 되었을 것이다. 반면에 그것이 미완의 토르소로서만 남아 있기에 후세들에게 가장 무서운 자극이 되는 것이다. 가장 훌륭한 본보기가 도달 불가능한 것으로의 모든 창조적 의지를 위해 존재하는 것이다.

Stendhal
Marie Henri Beyle

스탕달
1783~1842

내가 누구였던가? 지금의 나는 누구인가?
이런 말을 하기엔 참으로 난처하다.
—스탕달

허위욕과 진리의 기쁨

나는 가면쓰기를 가장 즐기기에 이름을 바꾸었다.
- 편지 중

스탕달보다 더 많이 세계를 속이고 열정적으로 신비화한 사람은 몇 명 안 될 것이며, 그보다 더 훌륭하고 심원하게 진리를 말한 사람 또한 흔치 않을 것이다.

그의 가면극과 속임수들은 이루 헤아릴 수 없이 많다. 책을 펼치기도 전에 이미 책표지나 머리말에서 첫 번째 속임수가 튀어나온다. 작가 앙리 베일 Marie Henri Beyle은 호락호락하게 자기 본명을 대는 법이 없기 때문이다. 어느 때는 방자하게 귀족 칭호를 쓰는가 하면, 어느 때는 "세자르 봉베"로 둔갑하고, 또는 그의 약칭 H. B.에다 비밀문자 A. A.를 덧붙인다. 그러나 그 배면에 숨어 있는 지극히 겸허한 '전직 병참관,' 독일어로 표현하면 '대감독관'의 태도는 어느 누구도 도저히 예측하지 못한다. 그는 익명을 사용하거나 허위로 진술할 때만 안정감을 느낀다. 한번 오스트리아의 퇴직공무원으로 가장하면, 다음에는 '전직 기사장교'로 가장하는데, 그런 중에도 자신은 그의 고향사람들에게는 수수께끼 같은 이름 스탕달을 가장 애용한다(스탕달이라는 이름은 축제 분위기 때문에 영원히 잊을 수 없었던 프로이센의 어느 소도시 명칭을 따온 것이다). 그가 어떤 날짜를 댄다면, 그것은 맞지 않는다고 단언할 수 있다. 그는 『파름의 수도원*La Chartreuse de Parme*』 서문에서 이 책이 1830년에, 그것도 파리에서 1,200마일 떨어진 곳에서 쓰였다고 말하지만, 그러나 그가 이 소설을 실제로 쓴 연도는 1839년이고, 집필 장소 또한 파리 시내 한복판이었음을 속이지는 못한다. 뻔한 사실들에서조차 모순들이 뒤죽박죽 섞여서 활개치는 것이다. 한 자서전에서 그는 바그람, 아스페른, 아일라우 전투에 참가했노라 자랑삼아 말한다. 그 말이 사실무근임은 그의 일기가 여지없이 증명한다. 그는 전투가 벌어지던 때에 파리에서 유유자적하며 머물러 있었다. 그는 나폴레옹과의 장시간에 걸친 요담에 관해 여러 번 이야기하고 있으나, 그건 정녕 터무니없는 거짓말이다! 전집의 다음 권을 보게 되면 "나폴레옹은 나 같은 바보들과는 환담을 나누지 않는다"는 고백을 분명하게 읽을 수 있다. 그렇기 때문에 스탕달을 다룰 때는 그의 주장 하나하나를 면밀하게 검토하지 않으면 안 되는 것이다.

특히 경찰에 쫓겨 다니는 도망자처럼 철저히 허위로 날짜를 기재하고, 매번 다른 가명으로 서명하는 편지는 가장 믿기지 않는다. 그는 로마에서 기분 좋게 산보하면서도 마치 오르비에토가 발송지인 양 둘러대고, 편지에는 브장송에서 서신을 보내는 것처럼 꾸미면서도 실제로 그는 그날 그르노블에 있었다. 연도는 번번이 틀리고, 월력은 대부분 잘못 기재되어 있으며, 그러면서도 서명은 거의 날인되어 있는 것이다. 그러나 이는 여러 사람이 생각하듯 그를 그런 바보놀음을 하도록 만들었던 오스트리아 경찰의 어두운 밀실로부터의 도피에 불과한 것이 아니다. 거기에는 허풍, 남을 놀래키거나 자신을 분장하고 감추기 좋아하던 천성적이고 본원적인 욕망이 들어 있었다. 스탕달은 호기심을 갖는 어떤 사람도 그에게 바짝 접근하지 못하도록 모종의 신비와 익명을 반짝이는 명주처럼 자기 개성의 둘레에다 교묘하게 둘러치는데, 그가 지닌 이 허위와 사기에의 열정적 경향을 그는 결코 은폐하지는 않는다. 언젠가 편지에서 한 친구가 그를 파렴치한 사기꾼이라고 몹시 꾸짖었을 때, 그는 그 탄핵문 모서리에다 "맞아, 백번 옳은 말이구말구!"라고 적는다. 뻔뻔한 자세에 반어적 만족감을 느끼며 그는 관리증명서에 허위경력을 기재하지만, 여기에는 한편으로는 부르봉 왕조와 다른 한편으로는 나폴레옹에 대한 반감이 섞여 있다. 공적이건 사적이건 그의 모든 글에는 늪 속의 생선알 같은 부조화가 우글거린다. 그의 신비스러움 중에 최종적인 것은 ―모든 허위들 중의 최고기록은!― 단연코 그의 유언遺言에, 몽마르트르 묘지 비석에 각인되어 있다. 오늘날까지도 그곳에 가면 거짓 비문을 읽을 수 있다. 즉 '앙리 베일'이라는 프랑스어 세례명을 가졌으며(이 또한 믿을 수 없다!) 고난의 시골도시 그르노블에서 태어난 밀라노 사람 '아리고 베일'이 이 마지막 안식처에 잠들다라고 씌어 있는 것이다. 죽음의 면전에서도 그는 가면을 쓰고 나타나려 하였다. 말하자면 죽음에 대해서조차 그는 낭만적으로 위장했던 것이다.

그럼에도 불구하고 이 분장술의 대가처럼 자신에 대한 고백적 진리를 세상에 알린 사람도 흔치 않았다. 스탕달은 꼭 필요한 경우에는 거짓말하기를 좋아하는 만큼이나 진지하였다. 처음에는 마냥 당혹감을 일으키고, 또 번번이 사람을 놀래키다가도 어느 순간에 오면 그는 비로소 냉정해지는데, 이렇게 함으로써 정말 대담하게, 그리고 가장 내밀한 체험과 자기관찰을 적나라하게 표출했던 것으로, 그런 중에 다른 사람들은 의식을 잃고 있다가 깜빡하고 진의를 놓치기 일쑤였다. 그도 그럴 것이 스탕달은 거짓말과 마찬가지로 진리를 말하는 데 있어서도 아주 대담했고, 심지어 뻔뻔함까지도 지니고 있었기 때문이다. 그는 여기저기서 모든 사회 도덕의 울타리들을 거침없이 뛰어넘고 있으며, 내적 검열의 온갖 한계와 철책을 마음 내키는 대로 뚫고 다닌다. 여성들 앞에서는 수줍어하고 소심하면서도, 붓을 잡으면 그 즉시 용감해지며, 그러면 어떤 '방해물'도 그를 막지 못한다. 아니, 그가 마음 속에 저항감을 느끼면, 그는 그것을 움켜잡아 끄집어내서는, 한 올 한 올 세밀하게 분해시켜 버린다. 삶에서 그를 가장 방해하던 것, 바로 그것을 그는 심리학으로 가장 훌륭하게 처리하는 것이다. 이미 1820년대에 스탕달은 천재의 행운에 걸맞은 직관력으로 백여 년 뒤에야 정신분석이 복합적 기술 장치로써 분석하고 재구성한 영혼 체계의 가장 섬세한 폐쇄기능 및 기관의 몇 가지를 규명하였다 ─ 그의 천부적이고도 체육학적으로 단련된 심리학자 기질은 주도면밀하게 검토되어 온 과학보다도 백여 년이나 앞서 단번에 실행력을 갖는 것이다.

그런데 이를 위해 스탕달은 자기관찰 이외의 다른 어떤 실험실도 사용하지 않는다. 유일한 도구는 항상 통렬하고 날카롭게 연마된 호기심일 뿐이다. 그는 자신이 느끼는 것을 관찰하고, 그 느낌을 재차 솔직하고도 숨김없이 언어로 표출한다. 표현이 대담할수록 그것은 더욱 훌륭해지고, 표현이 내밀하면 내밀할수록 그것은 열정적이 되는 것이다. 그는 가장 불쾌하고 삐뚤어진 감정들을 철저히 탐구하기를 좋아했다. 내가 주로 기억하는 것은 그가 얼마나 자주, 그리고 얼마나 무섭게 그의 부친에 대한 증오심을 키우고 있는가 하는 것뿐이다. 그가 전하는 바에 따를 것 같으면, 부친이 죽었을 때 고통을 느끼려고 한 달 내내 노력했어도 허사였다는 것이다. 그의 성불능에 대한 뼈아픈 고백, 여자관계의 지속적인 실패, 지나친 공허감에서 생겨나는 위기, 이런 것을 그는 군사작전 지도처럼 면밀하고 컴퍼스로 재듯 독자들에게 서술한다. 그래서 스탕달을 읽는 독자들은 완전히 사적이고도 허심탄회한 모종의 보고가 임상적으로 냉철하게 기술됨을 깨닫는다. 결코 어떤 인간도 그의 면전에서 그런 솔직함을 조롱하거나 무분별한 강박으로 넘겨 버리지는 못한다. 그런 것이 그의 행위이다. 명료하고도 자아중심적으로 차갑게 얼어붙은 지성의 결정結晶 속에는 영혼의 값진 인식들 가운데 몇 가지가 영원히 응결되어 있으며, 후세에까지도 그것이 그대로 보존되어 있는 것이다. 이 분장술의 기이하기 짝이 없는 대가가 없었다면, 우리는 감정세계의 골짜기와 그 골짜기의 심층부로부터 울려 나오는 진리를 거의 알지 못할 것이다. 왜냐하면 한번 자신에게 솔직했던 사람은 항상 그러하기 때문이다. 자신의 비밀을 알아낸 사람은 만인의 비밀 또한 인식했던 것이다.

초상

너무 추하나 아주 특징 있는 얼굴이다.
- 어린 앙리 베일에 대한 가농 아저씨의 인상

리셸리외가街의 조그마한 다락방의 황혼녘. 두
개의 촛불이 책상 위에서 타오르고 있는 가운데,
스탕달은 낮 열두 시부터 줄곧 그의 소설을 집필하
고 있다. 이제 그는 단번에 붓을 팽개치는데, 오늘
일은 만족인 것이다! 자, 원기를 돋우러 밖에 나가
잘 먹고, 사교계에서 흥겹게 얘기하고, 여성들과
어울리며 힘을 내야지!

그는 떠날 채비를 갖추고, 프록코트를 입으면서

머리카락을 매만진다. 그러나 이제 또 한번 슬쩍 거울을 들여다보는 것이다! 한데 자신의 모습을 보자마자, 씰룩거리는 주름이 입가를 비스듬히 가로지른다. 그래, 용모가 마음에 들지 않은 것이다. 불도그처럼 투박하고 사나운 모습에, 둥글고 불그스레한 얼굴, 이 얼마나 천한 꼴을 하고 있는가! 아, 이 촌놈 얼굴 한복판을 가로지르는 펑퍼짐한 콧등은 얼마나 역겨우리만큼 두툼하고, 주먹처럼 똘똘 뭉쳐 있는가! 물론 눈은 그리 사악해 보이지 않으며, 어두운 가운데 불꽃을 튀기고, 어딘지 불안한 호기심의 빛을 발하고 있지만, 그러나 그의 눈은 중국인처럼 널찍한 정방형 이마의 굵은 눈썹 아래로 조그맣게 움푹 패어 있는 것이다. 예컨대 눈은 당시 거울 속에서 찌푸리고 있는 눈 때문에 그를 조롱했던 것이다. 이 얼굴에서 뭐 잘난 곳이라도 있단 말인가? 스탕달은 무섭게 자신을 응시한다. 잘난 곳은 전혀 없고, 부드럽고 정신적으로 생동하는 곳 또한 전혀 없다. 모든 게 무섭고 천박하며, 더러운 부르주아 냄새를 풍긴다. 그런데 거기서 둥근 머리통, 갈색 털로 뒤덮인 머리통은 이 불유쾌한 몸뚱이에서 그나마 가장 잘난 곳이리라. 그도 그럴 것이 목은 턱 아래쪽에서 직각으로 구부러져 있는 동시에 서로가 밀착해 있어서 그는 감히 아래쪽으로 깊숙이 시선을 던질 생각을 못하기 때문이며, 또 다른 이유로는 그의 둔중하게 솟아오른 배와 너무 짤막한 다리의 모양새를 싫어하기 때문이다.

이렇게 그는 그 못난 다리로 앙리 베일이라는 육중한 몸체를 이끌고 다니는데, 그의 급우들은 그를 '걸어다니는 탑'이라고 불렀을 정도였다. 계속해서 스탕달은 거울에서 위로를 받으려고 한다. 어쨌건 손은 여성처럼 부드럽다. 손끝에는 길쭉하고 매끄럽게 다듬어진 손톱들이 유연한 모습으로 달려 있고, 그로부터 약간은 지성적인 면과 귀족성이 엿보인다. 게다가 피부는 소녀처럼 여리고 보드라워서, 감상적인 성향에 깃들어 있는 고귀함과 예민함을 드러낸다. 그러나 누가 한 남성에게서 그런 여성적 섬세함을 통찰하고 인지할 것인가? 여인들은 항상 용모만을 문제삼는다. 그가 50여 년간 경험한 바로 여인들은 어쩔 수 없이 비천하다. 오귀스탱 필롱은 그의 얼굴을 보고 도배장이라 불렀고, 몽셀레는 그의 특징을 "약종상 얼굴의 외교관" 같다고 하였다. 그러나 이 같은 평가조차 그에게는 친근한 것으로 여겨진다. 왜냐하면 스탕달은 무자비한 거울을 짜증스럽게 들여다보면서 자신을 이탈리아 푸주업자 "마첼레오 이탈리아노Macellaio Italiano"의 얼굴을 가진 것으로 판단하기 때문이다.

그러나 이 뚱뚱하고 비대한 육체의 소유자인 스탕달이 적어도 야성적이고 남성다울 수도 있을 것이다! — 실제로 널찍한 어깨를 믿음직스럽게 여기는 여인들이 있으며, 그들에게 코사크인은 멋쟁이 신사보다 여러 시간에 걸쳐 더 멋지게 봉사한다. 그렇지만 이 추하고 투박한 용모는 저열하고, 그의 혈관에 끓는 피는 다만 무서운 덫이요 육체의 타락한 욕망일 뿐이라는 것을 그는 깨닫는다. 이 비대한 남자의 하체에 미묘한, 그야말로 거의 병적인 감수성의 신경다발이 미광을 내면서 전율하는데, 이를 본 의사들은 모두가 "감수성의 괴물"이라며 놀라워 했다. 그런 나비의 혼이 —저주가!— 그 거대한 표피와 비계 속에 깃들어 있는 것이다. 정말 뭔지 모를 악몽이 육체와 영혼의 요람에서 혼란을 일으켰음에 틀림없다. 왜냐하면 홍분할 때마다 병적으로 과민한 혼이 무섭게 요동치는 표피 아래쪽에서 냉각된 채 떨기 때문이다. 옆방 창이 열리면 이미 심한 빗줄기가 가늘게 맥박치는 피부를 흥건히 적시고, 문이 덜컹 닫히자마자 신경은 사납게 분열되고 떨다가 악취를 낸다. 그는 여성이 근처에만 와도 어지러워진다. 전혀 정신을 차리지 못하는 까닭은 불안, 즉 성교의 불안 때문인 것으로, 이럴 때면 그는 무례해진다. 이 같은 혼란을 누가 이해할 것인가! 어찌하여 비대한 살, 비계, 복부, 그토록 둔중한 마부의 골격이 실처럼 가늘고 약한 감정을 둘러싸고 있으며, 어찌하여 그처럼 무디고 건조하고 볼품없는 육체가 그토록이나 복잡하고 자극적인 영혼을 둘러싸고 있는가?

스탕달은 거울에서 돌아선다. 이 외모가 구제불능이라는 것을 그는 어린 시절부터 알고 있다. 조끼 밑에다 하복부 팽창을 위쪽으로 완화시키는 코르셋을 받쳐 입고, 우스꽝스러운 다리 모양을 덮어주는, 유명한 리용제 비단 반바지를 지어 입은, 그런 재단의 마술사도 못난 외모만은 어쩔 도리가 없다. 이미 희끗한 볼수염까지 덮어 내려온, 반짝이는 갈색 머리를 검게 하는 염료도, 훤히 벗겨진 정수리의 고상한 가발도, 금색으로 가장자리를 수놓은 영사예복이나 깨끗하게 다듬어 윤이 나는 손톱도 아무 소용이 없는 것이다. 이 도구와 약품들이 모습을 조금은 떠받치고 윤기를 더해 주며, 또 비계와 쇠퇴한 부분을 감춰 주지만, 그럼에도 불구하고 길거리를 오가는 어느 여인도 그를 향하지는 않을 것이다. 더욱이 『적과 흑Le Rouge et le Noir』에서 레날 부인이 그의 주인공 쥘리앵에게, 아니면 샤틀레르 부인이 뤼시앵 뢰방에게 보내는 것과 같은 짜릿한 열정으로 그의 눈을 바라보는 여인은 전혀 없을 것이다. 그렇다, 그를 주목하는 여인은 아무도 없고, 그를 이미 젊은 장교로는 보지 않는다. 영혼은 고깃덩어리 속에 박혀 있고, 나이 먹어 이마가 벗겨지는 이 시점에서야 그런 것은 있을 수 없다. 시간은 흐르고, 만사가 헛될 뿐이다! 그런 얼굴을 하고서야 여복女福이 있을 리 없고, 다른 행복도 존재하지 않는 것이다!

단 한 가지만이 가능성으로 남아 있다. 영리해지고 유연해지는 것, 정신적으로 매력 있고 흥미 있게 되는 것, 관심을 얼굴에서 내면으로 돌리는 것, 놀라움과 언변으로 사람들을 유혹하는 것, 그런 것만이 유일한 길이다! "재능 있는 자들은 미녀가 없어도 위로할 수 있고," 재주는 어떻게든 아름다움을 대치할 수 있다. 자신의 관능을 미적으로 데울 수 없는 그런 불행한 관상을 가졌을 때에는 정신적으로 여인들을 사로잡아야 한다. 요컨대 감상적인 자들에게는 감미롭게 대하고, 경솔한 자들에게는 냉소적으로 대해야 하며, 그리고 가끔은 그 반대로 행동하되, 늘 냉철하고 정신적으로 풍부하게 행동해야만 한다.

"여자를 즐겁게 하면, 여자를 얻을 것이다."

모든 약점을 지혜롭게 파악하라. 자신이 차가우면 뜨거운 척 가장하고, 뜨거울 땐 차가움으로 가장하고, 그 교대작용을 통해서 놀라움을 자아내야

한다. 트릭을 통하여 다른 사람을 어리둥절하게 만들지라도, 언제나 자신은 그들과 다르다는 것을 보여 주어야 한다. 그리고 무엇보다 중요한 것은 기회를 놓쳐서는 안 되고, 또 위험을 피하지 말아야 하는데, 여자들은 남자의 얼굴을 번번이 망각하기 때문이다. 여름날 밤처럼 특별한 날에는 여신 티타니아조차도 바보와 키스한 적이 있었다.

스탕달은 유행하는 모자를 쓰고, 노란 장갑을 끼고, 그리고는 거울을 들여다보면서 냉정한 조롱조의 웃음을 실험해 본다. 실제로 그는 오늘 저녁 T부인 집에 등장하여 반어적이고 냉소적이며, 경박하고도 차가운 태도를 취해야 한다. 놀라움과 관심을 끌어모아 눈속임하는 것, 의심스러운 용모를 번쩍이는 가면처럼 달변으로 가리는 것이 중요하다. 강렬한 인상으로 사람들을 놀래키고, 그 즉시로 단번에 주의를 끄는 것, 그것이 상책이다. 순수 허풍 뒤에 내면의 소심함을 감추어야 한다. 그는 자기

집 계단을 내려갔을 때, 벌써부터 떠들썩한 등장을 계획하고 있었다. 그는 오늘 살롱에서 하녀에게 상인 세자르 봉베가 왔노라 말할 터이고, 그리고는 우선 안으로 들어가 시끄럽게 떠드는 부유한 장사꾼 흉내를 낼 것이며, 어느 누구에게도 발언권을 주지 않을 것이다. 막대한 사업에 대해서 한동안 신나게, 그러면서도 거만하게 이야기함으로써 뭇 사람의 즐거운 호기심을 한껏 자아내고, 여인네들이 그의 못난 얼굴을 익숙하도록 만들 것이다. 그러면 강렬하고 유쾌한 익명들 가운데 하나의 불꽃이 그들의 억눌린 관능을 풀어줄 것이다. 그의 육체가 드리워 놓은 어두운 구석은 몇 잔의 오색주五色酒로 변할 것이다. 그러면 여인들은 자정에도 그를 매력 있는 남자로 여길지 모를 일이다.

삶의 영상

1799년. 그로노블에서 파리로 가는 우편마차가 도중에서 말을 갈기 위해 네무르에 멈춘다. 흥분한 인파가 모여 있고, 격문과 신문들이 나부낀다. 젊은 장군 보나파르트가 어제 파리에서 공화국을 끝장냈으며, 의회를 점령하고 스스로 의장직에 앉았던 것이다. 모든 여행자들이 논쟁을 벌이는데, 그중에서 오직 어깨가 넓고 뺨이 붉은 16세 소년만이 별로 관심을 보이지 않는다. 하긴 공화국이니 의장이니 하는 것이 그에게 무슨 소용이 있겠는가. 여하튼 그는 종합기술학교에서 공부하기 위해 파리로 간다지만, 사실인즉 시골에서 달아나 파리를 체험하기 위해 여행 중이다. 꿈의 도시 파리를 체험하기 위해서 여행 중인 것이다! 그 즉시 파리라는 거대한 술잔은 다채로운 꿈의 물결로 채워진다. 파리, 그것은 사치와 고상함, 경쾌함, 세련성, 자유, 그리고 무엇보다 여인들, 수많은 여인들을 의미한다. 머지않아 그는 젊고 아름답고 고상한(고향 그르노블에서 먼발치로만 수줍어하며 사랑하던 여배우 빅토린 카블리와 닮았을) 여인을 파리에서 갑자기 낭만적인 방식으로 사귀게 되리라. 미친 듯이 날뛰는 말들을 향해 달려가 부서진 이륜마차에서 고상한 여인네를 구출하리라. 그녀를 위해 무엇인가 위대한 일을 하리라. 꿈꾸는 가운데, 그녀는 그의 애인이 되어 있다.

우편마차가 덜거덕덜거덕 길을 떠나고, 마차바

퀴는 그의 무르익은 꿈들을 무자비하게 짓밟는다. 소년은 주변 경관에 눈길 한 번 주지 않고, 동반자들에게는 거의 말 한 마디도 건네지 않는다. 마침내 마부는 파리시 외곽에 마차를 세운다. 이어서 마차는 울퉁불퉁한 길거리를 지나 비좁고 불결한, 높은 건물들의 협곡으로 진입한다. 거기에는 퀴퀴한 음식과 빈곤의 냄새가 무겁게 깔려 있다. 여기가 바로 파리인데, "그렇다면 단지 그것뿐인가?" 이게 도대체 파리란 말인가? 그는 뒤에도 이 말을 항상 되풀이하게 된다. 사랑스러운 첫날밤을 보내고, 생 베르나르 성당 가로수길을 넘어가며 첫 번째 전쟁을 치른 이후로, 이 말은 계속 반복된다. 그토록 과도한 꿈을 꾸고 난 뒤부터, 현실은 항상 무절제한 낭만적 갈망에 비해 너무나 천하고 무미건조한 것으로 나타난다.

그들은 그를 생 도미니크가街에 있는 아무 상관 없는 호텔 앞에 내려 준다. 창문 대신 통풍창이 달려 있고, 격한 상심傷心의 알을 부화하기에는 적격인 5층 다락방에서, 소년 앙리 베일은 수학책 한번 들여다보지 않고 몇 주일간 그곳에 거주한다. 그는 수시간 동안 거리를 바삐 돌아다니며 여인들을 자세히 살펴본다. 그의 생각은 쳇바퀴를 돈다. 살을 허옇게 드러낸 신로마식 의상의 여인들은 얼마나 유혹적인가. 그 여인들은 경애하는 남성들과 얼마나 호의적으로 농을 걸고, 또 그녀들은 얼마나 매혹적이고 자연스럽게 웃는 법을 잘 알고 있는가. 그러나 그는 여인들에게 감히 접근하지 못한다. 촌티 나는 푸른 상의를 걸쳐 입은, 무뚝뚝한 표정의 어리석은 젊은이는 고상한 것과는 거리가 멀고, 그렇다고 뻔뻔스럽지도 못한 것이다. 그는 가로등 주변을 배회하는 값싸게 돈에 끌리는 소녀들에게 도저히 접근할 용기가 나지 않는데, 그러면서도 대담한 친구들을 쏩쓸한 마음으로 부러워한다. 그는 친구도, 모임도, 일자리도 없으면서, 불결한 거리에서 일어날지도 모르는 낭만적 모험을 기대하며 멍하니 꿈을 꾼다. 때로는 완전히 자신에 침잠하여, 지나가는 마차에 깔릴 위험에 여러 번 처한다.

마침내 완전히 풀이 죽고, 또 결핍된 말과 온정, 친밀감을 찾아서 그는 부유한 친척 다뤼가Daru家를 방문한다. 그들은 친절하게 대하고 반기면서 그를 그들의 아름다운 집으로 안내한다. 그러나 ―앙리 베일에게는 원죄가 있었으니!― 그들은 지방 출신이고, 그는 이를 용납하지 못한다. 즉 그들은 지금 시민적으로 부유하고 풍족하게 살아가는 데 반해, 그의 돈주머니는 닳고 닳아 헐거운 상태이고, 이 때문에 그는 울화가 치미는 것이다. 그는 그들과 식탁에 앉아 있으나, 불쾌한 표정에 말없이, 퉁명스럽게, 그들에 대한 적의까지 보이면서 앉아 있다. 그의 연민에 대한 뜨거운 갈망은 시큰둥한 반어적 고집 뒤로 슬며시 숨어든다. 나이든 다뤼 가족들도 속으로는 뭐 이런 녀석이 있나 생각할 테지만, 그는 불유쾌하고 배은망덕한 손님의 태도를 보인다. 저녁 늦게서야 그는 기진맥진하여 집으로 돌아온다. 집에서는 가장이요, 강력한 지배자 보나파르트의 오른팔인 피에르 다뤼(뒤에 백작이 됨)와의 대화로부터 지칠 대로 지쳐 녹초가 되는 것이다. 가장 내적인 경향에서 본다면 군인은 이 꼬마 시인의 경애하는 동료라 해도 좋았다(다뤼는 그가 너무나 침묵으로 일관하기에 그를 무뚝뚝한 바보, 무엇보다 교양 없는 벙어리로 간주한다). 그럴 수 있는 것이 다뤼라는 사람은 여가가 생기면 틈틈이 호라티우스를 번역하고, 철학적 논설도 기술하며, 나중에 군복을 벗게 되면 베네치아의 역사를 저술할 작정이지만, 현재로는 보나파르트의 그늘에서 더 중요한 임무를 맡고 있기 때문이다. 일벌레인 그는 밤낮을 가리지 않고 군사참모부 별실에서 기획과 회계에 관한 서한들을 작성하지만, 그가 어떤 목표를 위해 일하는지 아무도 알지 못한다. 한편 소년 앙리가 그를 미워하는 이유는 근본적으로 다뤼가 그의 앞길을 도와주려 하는데 출세를 원치 않으며, 자기 자신을 향하고 싶어 하기 때문이다.

그런데 피에르 다뤼는 어느 날 그 무위도식자를 부른다. 당장에 같이 국방청에 가자는 것으로, 그의 일자리가 있다고 했다. 카르바셰 다뤼가家에서 이제 작고 뚱뚱한 앙리는 손가락이 부르트도록 오전 열 시에서 새벽 한 시까지 수북한 편지와 보고서, 전달문들을 쓰게 된다. 이때까지도 그는 이 부질없는 편지질이 무엇에 소용되는지 알지 못하지만, 그러나 얼마 안 가 세계가 이를 알게 된다. 마랭고에서 시작하여 제국의 완성으로 끝나는 이탈리아 전선에 그가 한몫하리라는 것은 전혀 뜻밖의 일이었다. 드디어 "교관"은 전쟁이 포고되었노라고 비밀을 이야기한다. 소년 앙리는 안도의 숨을 내쉰다. 감사하나이다! 이제 이 성가신 인간 다뤼가 사령부로 옮겨야 할 테고, 이제는 한심한 편지질도 끝나리라. 그는 다시 안도의 숨을 내쉰다. 차라리 전쟁이 이 지긋지긋한 것, 그가 가장 싫어하는 두 가지 것, 즉 일과 권태보다는 나은 것이다.

1800년 5월. 보나파르트의 이탈리아 정벌군 후위부대가 로잔에 진주한다.

몇몇 기사단 장교가 힘차게 말을 몰며 한바탕 웃는 바람에 그들 투구 위의 깃대가 세차게 흔들린다. 그런데 우스꽝스러운 풍경이 벌어진다. 저편 어느 성난 말 잔등에는 반은 시민이요 반은 군인인, 짧은 다리의 뚱보 소년이 쪼그리고 앉아서 멍청이처럼 엉성하게 고삐를 움켜쥐고 있다. 서투른 기수를 땅바닥에 내동댕이치려는 고집스러운 동물과 한바탕 싸우고 있는 것이다. 그의 복부에 비스듬히 묶여 있는 기병용 장검은 계속 말 엉덩이에 부딪혀 흔들거리고, 자꾸만 불쌍한 말을 간지럽힌다. 그리하여 말은 마침내 몸통을 치켜세우고 부지

중에 질주해서는, 그 비운의 기수를 밭과 묘지 너머 저편에다 내던져 버린다.

장교들은 이 장면을 흥겹게 구경한다. 마침내 뷔렐빌레르 대위가 측은하게 생각하여 하급장교에게 명령한다. "가서 저 데미안을 도와주게." 명령을 받은 하급장교는 질풍처럼 쫓아가, 그 성난 말에다 가볍게 채찍질하여 조용히 멈추게 한다. 그리고는 고삐를 낚아채고, 분노와 수치가 뒤범벅되어 얼굴을 벌겋게 붉히고 있는 풋내기를 데려온다. 풋내기 앙리는 흥분하여 대위에게 묻는다. "뭐하자는 겁니까?" 이 영원한 공상가는 벌써부터 체포나 결투를 상상한다. 그러나 활달한 성격의 대위는 권력자 다뤼의 조카를 잘 모셔야 한다는 말을 들은 터라 그 즉시 매우 정중해진다. 대위는 자기 동료들을 소개하고, 의심스러운 초보자의 이제까지 지내온 경력을 묻는다. 앙리는 흥분하여 얼굴을 붉힌다. 이 속물들에게 자신은 장-자크 루소Jean-Jacques Rousseau

가 태어난 집 앞에서 눈물을 흘리며 서 있었노라고
는 도저히 고백할 수 없는 것이다. 그래서 그는 대
담하고도 교만하게 행동하는데, 말하자면 뻔히 드
러나는 대담함을 가장함으로써 그들 모두의 환심
을 사는 것이다. 장교들은 우선 친절하게 고도의
기마병술, 예컨대 말 탈 때는 둘째 손가락과 셋째
손가락 사이에 고삐를 똑바로 잡아야 한다든가, 군
도를 직선으로 휘둘러야 한다는 것, 그 밖에 여러
가지 군사비밀들을 가르친다. 그런데 앙리 베일은
당장에 자신이 군인이나 영웅이라도 된 기분에 사
로잡힌다.

그는 자신을 영웅으로 느끼거나, 적어도 다른 누
군가가 그의 용기를 의심하는 것을 허용하지 않는
다. 그는 서투른 물음이나 한숨이 입밖에 나올 것
같으면 차라리 혀를 깨물 것이다. 세계적으로 유
명한 생 베르나르 고개를 통과한 후에 그는 태연
히 안장에 앉아서, 거의 경멸조로 대위에게 영원히

잊을 수 없는 물음을 던진다. "그게 전부란 말입니까?" 그가 포르 바르 전선에서 몇 발의 포성을 들을 때, 그는 재차 놀라운 말을 던진다. "저런 것이 전쟁이라는 것입니까?" 여하튼 그는 폭약 냄새를 맡았고, 일종의 샌님 기질은 이제 사라진다. 그는 더욱 성급하게 말에 박차를 가해, 이탈리아 남쪽으로 서둘러 내려가며, 이제 다른 기질은 사라져 간다. 전쟁의 짧은 모험을 겪고서 에로스의 끝없는 모험에 다가간다.

1801년 마일란트. 포르타 오리엔탈레의 코르소.
전쟁은 피에몬테 지방 여인들의 폐쇄성을 일깨웠다. 프랑스인들이 진주하면서부터 그녀들은 날마다 낡은 마차에 몸을 싣고, 파란 하늘 아래 번개 치는 거리를 따라간다. 여인들은 간간히 마차를 세우고, 그네들의 애인이나 정부와 잡담하고, 때로는 뻔뻔스러운 젊은 장교들에게 서슴없이 윙크하고,

또 때로는 부채와 꽃으로 뜻깊은 희롱을 벌인다.

밀폐된 그늘 속에서 숨죽인 채, 17세의 하사관은 고상한 여인들을 동경 어린 눈으로 바라본다. 그렇다, 앙리 베일은 단 한 번의 전투에도 참가하지 않고 돌연 제6기병대 소속의 하사관이 되었던 것이다. 권력자 다뤼의 친척이라면 무엇이든 이루고도 남을 것이다. 그의 이마에는 프랑스 기병대, 검은 말 갈퀴 모양의 번쩍거리는 금속이 바람결에 휘날리고, 그의 흰 기병외투 뒤로는 커다란 군도가 묵직하게 덜거덕거리며, 장화의 접지부에는 박차 소리가 울린다. 어제의 키 작고 살찐 뚱보 소년이 진정으로 군인다워 보인다.

그는 본래 여기 코르소에서 빈둥거리며, 날마다 칼집을 닫아 놓고 여인들을 동경 어린 눈으로 바라볼 것이 아니라, 그의 중대에 합류하여 민치오 배후의 오스트리아군을 습격하는 데 가담할 예정이었다. 그러나 이미 17세의 앙리는 그따위 전쟁놀이

를 싫어할 뿐만 아니라, "칼 한 번 휘두르는 데 별
로 정신이 소모되지 않는다"는 것을 일찍이 터득하
고 있었다. 누군가가 막강한 다뤼의 친척이라면,
그는 시시한 사병직으로 근무할 것이 아니라 마일
란트의 휘황찬란한 병참본부에 남을 테지만, 야전
지에는 이렇다 할 미인도 없으려니와, 특히 번듯한
극장, 치마로사의 오페라를 공연한다거나 뛰어난
여가수들이 등장하는 우아한 극장이 없는 것이다.
저 이탈리아 북부의 늪지대 여기저기에 야영하면
서, 앙리 베일은 그의 본부를 차린다. 극장 5층 건
물의 관람석에 불이 켜지면, 그는 항상 최초의 저
녁 손님으로 찾아온다. 그러면 여인들은 거의 살
이 비치는 가벼운 비단옷 차림으로 입장하고, 정복
차림의 군인들은 어깨에 단 휘장을 번쩍이면서 서
로가 목례를 보낸다. 아, 저 이탈리아 여인들은 얼
마나 아름답고, 얼마나 명랑하며 매혹적인가! 보나
파르트가 마일란트 남편들의 고통과 해방을 위해

5만 명의 젊은이들을 이탈리아로 파견했건만, 여인들은 이를 얼마나 행복하게 향유하는가!

그러나 유감스럽게도, 그 모든 여인들 가운데 어느 여인도 그르노블 출신의 앙리 베일이 이 5만 명 중에 하나로 선발된 사람이라는 것을 결코 생각하지 못했다. 손님들 앞에서 흰 젖가슴을 스스럼없이 내놓고, 장교들의 턱수염에 입술을 부비는 둥그스레한 얼굴의 옷장사 딸이, 번뜩이는 눈초리에 좁게 파인 검은 눈의 이 원추형 머리 사내 ─그녀는 그를 농담조로, 또 조금은 무심한 투로 '중국인'이라 칭하는데─ 가 그녀에게 홀딱 빠져 있다는 것을 그들이 어찌 알겠는가? 더군다나 그가 조롱은 하면서도 일말의 동정심은 없지 않은 이 여인을 도달 불가능한 우상처럼 밤낮으로 꿈꾼다는 것, 그리고 그가 서민 출신의 이 뚱뚱한 신부를 그의 낭만적 사랑을 통하여 언젠가는 불멸의 존재로 만들리라는 것을 그들이 어찌 알겠는가? 그가 매일 저녁 다른 장교들과 파라오 놀이를 하러 왔을 때, 그녀가 말을 걸면 두말할 것도 없이 그는 멍청하고 수줍은 표정으로 구석에 앉아서는 얼굴이 창백해진다. 그런데 그가 한 번이라도 그녀의 손을 잡고, 은근히 무릎을 그녀의 무릎 쪽으로 밀착시켰다든가, 또는 그녀에게 편지를 보냈다든가, 아니면 "오, 내 사랑"이라고 속삭인 적이 있었던가? 그 밖의 노골적인 행위들은 프랑스 기병장교들에게는 늘상 있는 일인데, 젖가슴이 큰 안젤라는 꼬마 하사관을 거의 주목하지 않는다. 마찬가지로 미숙한 아이 역시 그녀가 자신을 원하는 사람이면 누구에게나 얼마나 기꺼이, 그리고 얼마나 자청해서 사랑을 나누어 주는지 알지 못한 채, 그녀의 호의를 등한시한다.

그의 기병용 장검이나 기수용 장화에도 불구하고 앙리 베일은 파리에 있을 때처럼 변함없이 수줍어한다. 소심한 돈 후안은 한결같이 동정을 지킨다. 그는 매일 저녁 거대한 폭풍을 잠재우려고 시도하는 것으로, 그의 노트에는 어떻게 하면 여인의 덕성을 효과적으로 극복할 것인가 하는 옛 급우들의 가르침이 상세하게 적혀 있다. 그럼에도 불구하고 사랑하는 여인, 신성한 안젤라의 곁으로 가자마자 저 이론적인 난봉꾼 카사노바는 그 즉시로 주눅이 들고, 혼란에 빠져 소녀처럼 얼굴을 붉히는 것이다. 완전한 남성이 되기 위해 그는 마침내 동정을 바치기로 결심한다. 마일란트의 어느 직업여성이 그에게 제단을 제공한다(그는 뒤에 수기에서 "나는 그녀가 누구이고 어떤 여인인지 완전히 잊었다"고 적고 있다). 그러나 유감스럽게도 그녀는 그의 첫 선물의 대가로 몹시 불결한 것을 선사한다. 자칭 원수의 부하들이 부르봉에서 이탈리아로 전파했고, 그 뒤로는 프랑스인들의 대명사가 되고 있는 병을 그에게 되돌려준다. 그리하여 비너스의 부드러운 봉사를 갈구하는 군신軍神은 수년간이나 엄격한 신 헤르메스의 형벌을 받는다.

1803년 파리. 다시 5층 다락방으로 돌아오고, 다시 시민으로 복귀한다. 군도는 없어지고, 박차와 연결선, 중위사령장은 구석에 처박혀 있다. 그는 병정 놀이에서 많은 것을 얻었고, 그것을 신물나게 맛보았다. 그랬기에 "나는 그것에 취했다"고 그는 말한다. 덜 떨어진 사람들이 그에게 불순한 마을의 경계근무를 맡기면서, 말을 빗질하고 명령에나 따르기를 요구했을 때, 앙리 베일은 당장에 군복을 벗고 말았다. 순순히 복종하는 것은 이 고집불통에게는 도저히 안 될 말이다. 그의 최고행복은 "그 누구에게도 명령하지 않고, 누구의 예속자도 되지 않는 것"이다. 그리하여 그는 국방장관에게 사임장을 동봉한 짧은 편지를 쓰는 동시에, 인색하기 짝이 없는 아버지에게도 돈을 좀 썼으면 좋겠다고 편지 한 통을 따로 쓴다. 그런데 앙리가 그의 책들에서 가장 온유한 어조로 비방하는 호칭은 놀랍게도 "잡종" 내지 "아버지"이다(어쩌면 그의 아버지는 그가 여인들을 대하듯이 미숙하고 과묵하게 그를 사랑하는 것인지 모른다). 하지만 그가 그의 수기에서 항상 조롱조로 칭하는 아버지는 사실은 매달 빠짐없이 돈을 보내는 것이다. 그것이 물론 많은 돈은 아니지만, 그것으로 그럴 듯한 옷을 맞춘다거나 화려한 넥타이를 구입하고, 게다가 희극작품을 쓰기 위해 백지를 사는 데는 충분한 액수이다. 바로 이 시점에 그는 새로운 결심을 하고 있다. 앙리 베일은 더 이상 수학을 공부하려는 것이 아니라 극작가가 되려 한다.

우선 그는 이를 실행하는 방식으로 '코미디 프랑세즈'에 자주 가서 코르네유와 몰리에르 극을 익힌다. 그러자 두 번째 경험이 열리는데, 이는 장래의 극작가에게 매우 중요한 의미를 갖게 된다. 요컨대 극작가가 되려면 여성에 대한 지식을 얻어야 하고, 사랑하고 사랑받고, "아름다운 영혼"과 "사랑하는 영혼"을 찾아야 하는 것이다. 그는 이에 따라 아델 르부페Adéle Rebouffet에게 화려한 저택을 만들어 주고, 이 불운한 애인의 낭만적 욕망을 아낌없이 즐긴다. 다행히도 주인공의 욕망을 일주일에도 여러 번 추악한 방식으로 풀어 주는 것은 음탕한 어머니(일기에 적고 있듯이)이다. 이런 것은 재미있고 교훈적이기도 하지만, 그러나 어떤 식으로든 예의 바르고 열광적이며, 위대한 사랑은 아닌 것이다. 그래서 앙리는 끊임없이 숭고한 사랑의 우상을 찾아다닌다. 마침내 코미디 프랑세즈의 자그마한 인기 여배우 루아송Louason이 그의 이글거리는 열정을 사로잡고, 더할 나위 없는 그의 총애를 한몸에 받는다. 그렇지만 앙리는 여인이 그를 거부하던 때보다 사랑에 깊이 빠지지 않는데, 왜냐하면 그는 오로지 도달할 수 없는 것만을 사랑하기 때문이다. 20세의 청년은 이렇듯 뜨거운 불꽃을 태우고 있는 것이다.

1803년 마르세유. 거의 믿을 수 없을 만큼 놀라운 변화가 일어난다.

그가 정말 나폴레옹 군대의 퇴역중위이자 파리
의 신사, 어제까지만해도 시인이었던 앙리 베일이
란 말인가? 그가 정말 마르세유 항구 왼쪽으로 나
있는 지저분한 오솔길의 계산대, 기름과 무화과 썩
는 냄새로 진동하는 진열대에 앉아서, 검은 앞치마
를 두르고 식민지 상품을 파는 소도매상, 뢰니에
사社 잡화를 팔고 있는 판매원이란 말인가? 저것이
어제까지도 운문으로 장엄한 감정을 격조 있게 노
래했으면서도, 오늘은 건포도와 커피·설탕과 밀가
루를 소매하고, 고객들을 부추기고, 세관원과 공무
원들에게 뇌물을 주는 숭고한 영혼의 소유자란 말
인가? 틀림없다. 바로 그가 원형 머리의 고집쟁이
앙리 베일인 것이다. 트리스탄이 거지로 분장하여
연인 이졸데에게 접근하고, 공주가 시동 옷을 차려
입고 십자군 대열의 믿음직한 기사를 따라갔다면
─저 앙리 베일은 영웅적인 것을 이행하는데─ 그
는 여기 마르세유 극단에서 나오는 그의 연인 루

아송을 따라가기 위하여, 잡화상에서 빵 굽는 일을 거들고 자질구레한 물건을 파는 점원이 되어 있었다. 누군가 극장에서 나오는 여배우를 데려가서 애인으로서 잠자리를 같이할 때, 날마다 설탕과 밀가루를 흠뻑 손에 묻히는 것은 어찌된 일인가?

얼마나 멋진 시간을 보내고, 얼마나 훌륭한 성취감을 맛보는가! 그러나 안타깝게도 낭만주의자란 그의 이상에 가까워질수록 점점 더 위험해지는 법이다. 사람들은 금세 동경의 남쪽 도시 마르세유가 그르노블과 똑같이 남방인들의 시끄러운 몸짓으로 촌스럽고, 길거리는 파리의 그것처럼 냄새나고 불결하다는 것을 발견하게 된다. 정열의 여신과 동거하는 사람일지라도, 이 여신이 항상 아름답지만 감정이 둔하다는 것을 경험하면 실망할 수 있으며, 또한 그럼으로 해서 그는 권태를 느끼기 시작할 것이다. 드디어 어느 날인가 그 여신이 극단에서 해고되어 구름처럼 파리로 떠나갈 때, 그는 기쁜 마음까지도 들게 된다. 다음 날 쉬지 않고 다음 것을 찾기 위해서, 환영에서 불현듯 깨어나는 것이다.

1806년 브라운슈바이크. 다시금 의상을 갈아입는다.

다시 의복을 갈아입지만, 더 이상 투박한 하사관 군복이 아니고, 오직 세탁소 여주인이나 여재봉사에게서 볼 수 있는 모습으로 분장한다. 이제 대군의 재정감독관 앙리 베일이 슈트롬 백작이나 브라운슈바이크 사교계의 어느 저명인사와 함께 거리를 활보하면, 독일 상류층 사람들은 모자를 벗고 정중하게 인사를 하느라 법석대는 것이다. 그러나 그는 예전의 앙리 베일이 아니어서, 약간은 그에 대한 수정이 필요하다. 그가 독일에서 그렇게 존엄스러운 자리에 있으면서부터는 "앙리 베일 경"이 그의 칭호로 통한다. 물론 나폴레옹이 그에게 귀족 칭호를 수여한 것도, 어떤 작은 직책이나 그 밖의 훈장을 수여한 것도 아니었다. 다만 재빠른 관찰자 앙리 베일은 참새가 방앗간에 모이듯 허영심 있는 독일인들이 칭호를 좇는다는 것을 단번에 알아차린다. 그리고 여러모로 귀엽고 탐스러운 금발의 남자에게 춤을 청하는 귀족사회에서는 천민으로 보이고 싶지 않다는 것도 말이다. 알파벳 중에서도 저 두 글자 때문에, 호사스러운 의복은 더더욱 특별한 후광으로 빛을 발한다.

본래 이 임무는 앙리 베일에게 짜증스럽게 여겨졌다. 그는 약탈 지역으로부터 7백만의 군세軍稅를 긁어모아 정리하고 편성해야 하는 것이다. 그는 이 일을 보기 좋게, 그것도 왼손으로 신속하게 처리하고, 오른손은 남겼다가 당구를 친다거나 사냥총을 발사하는 등, 좀 더 부드러운 만족을 얻는 데 사용한다. 독일에도 마음에 드는 여인은 존재한다. 금발의 귀족 출신 민헨에 대해 그는 플라토닉한 사랑의 욕구를 발산할 수 있는 것이다. 무도한 자들이

크나벨후버라는 아름다운 가명의 친구 연인을 가로채어 밤마다 그녀의 욕구를 풀어주지만, 앙리는 이로 인해 안정을 되찾았다. 아우스터리츠와 예나의 태양*으로 그녀의 수프를 요리하는 원수와 장군들에 대해 질투심도 갖지 않고, 그는 전쟁의 어두운 그늘 속에 가만히 앉아, 책을 읽고 독일시를 번역하고, 누이 폴린에게는 놀랄 만큼 아름다운 편지도 쓴다. 점점 더 현명하고, 점점 더 대가다운 풍모를 지니면서 그는 삶의 예술가로 발전해 간다. 전쟁터에서는 항상 낙오된 여행객이지만, 모든 예술에는 지적인 애호가로서, 그는 자유로워질수록 자기 자신에게 접근한다. 세상을 많이 알면 많이 알수록, 그에 대한 통찰력을 더욱 훌륭하게 체득한다.

1809년 빈, 5월 31일 쇼텐 교회. 어둡고 침침한

* 역주: 이 두 곳은 나폴레옹 대군이 승리한 전장으로, 태양은 비유적 의미로 사용하고 있다.

새벽녘.

첫 번째 긴 의자에는 검고 초라한 상복을 입은 몇몇 노옹과 노파들이 무릎꿇고 앉아 있다. 이들은 로라우 출신의 착한 노인, 하이든 아버지의 친척들이다. 프랑스인의 총탄이 돌연 사랑스러운 도시 빈으로 무섭게 날아들었을 때, 저 선량하고 백발이 성성한 노인은 총탄에 맞아 비명횡사했던 것이다. 국가國歌의 작곡자 하이든은 애국심에 불타는 음성으로 "프란츠 황제를 보살피소서!"라고 목이 메어 더듬더듬 노래를 끝마쳤다. 그들은 굼펜도르프 변두리 지역 조그만 집으로부터 어린애같이 가벼운 육신을 끌어내어, 행진하는 군대의 소란한 와중을 지나 시신을 빨리 묘지에 안치해야만 했다. 이제 쇼텐 교회에는 빈 음악가들이 거장을 위해 진혼곡을 연주하고, 수많은 사람들이 그를 찬미하여 점령당한 집에서 뛰쳐나왔다. 어쩌면 그들 중에는 마구 헝클어진 사자머리의 작은 기인奇人 베토벤이 끼어 있었는지도 모를 일이며, 또 어쩌면 슈베르트라 불리는 리히텐탈 출신의 열두 살배기 꼬마가 합창대열에 섞여 있었는지도 모를 일이다.

그러나 그 누구도 여기서 다른 자를 주목하지 않는다. 마치 프랑스 고급장교 같은 인물이 돌연 정복차림으로 나타나는데, 그는 화려하게 수놓은 궁중복 차림의 문예부원장을 따라서 들어오는 것이다. 모든 참석자들은 깜짝 놀란다. 그러나 선량하고 인자한 하이든 부친의 영결식에서 애도의 뜻을 전하려는 프랑스 침략자를 몰아내고자 했을까? 아니다, 절대로 그렇지 않다. 대군의 감독관, 앙리 베일 경은 완전히 사적인 용무로 참석한다. 그는 병영 어디에선가 이 영결식에 모차르트의 진혼곡이 연주된다는 말을 들었던 것이다. 이 의심스러운 군인은 모차르트나 치마로사Domenico Cimarosa의 곡을 듣기 위해선 수백 마일도 멀다 않고 달려올 사람으로, 그에게는 이 경애하는 대가들의 40곡조가 4만의 전사자를 낸 번드르르한 세계사적 전투보다 더욱 소중하기 때문이다. 그는 조심스럽게 교회 의자로 걸어 들어와, 이제 천천히 연주되는 음악에 귀 기울인다. 기이하게도 그에게는 진혼곡이 들려오는 것이 아니라, "너무 시끄러운" 소리가 들려오는 것으로 느껴진다. 그것은 "그가 생각하는" 모차르트 진혼곡, 새의 날개처럼 가볍고 유유한 곡이 아니다. 모차르트의 경우 예술은 언제나 전체적으로 명확한 윤곽과 음률적 한계를 초월하며, 인간의 목소리를 뛰어넘어 야성적이고 자유로운 영원성의 요소로 상승하는 데 반해, 지금 들려오는 곡은 그의 귀에 이질적이다. 저녁때 케른트너토어 극장에서도 〈돈 후안〉은 쉽게 이해되지 않는다. 연주회장의 베토벤(그는 베토벤에 대해 전혀 알지 못하고 있음)이 한번 북풍의 거친 선율을 그에게 퍼부었다면, 스탕달은 이 성스러운 혼돈 앞에서 바이마르의 위대한 형제시인 괴테만큼이나 놀라워했을 것이다.

미사는 끝났다. 쾌활한 표정의 앙리 베일이 번쩍거리는 정복차림으로 당당하게 교회에서 걸어나와 묘지를 어슬렁거리며 따라간다. 그는 이 아름답고 깨끗한 도시 빈과 좋은 음악을 만드는 이 도시인들을 매혹적이라고 생각하며, 이 때문에 저 북부의 다른 독일인들처럼 거칠고 심각하게 깎아내리는 법을 모른다. 그는 본래 그의 소관부처로 돌아가 대군의 물자조달을 관장해야 했으나, 그것은 사소한 일로 여겨진다. 사촌 다뤼는 노새처럼 일만 할 것이고, 나폴레옹은 곧 승리를 획득하리라. 나폴레옹은 일에 재미를 느끼는 별난 괴인들을 창조하였고, 그들은 그 덕분에 잘살 수 있으니 얼마나 잘된 것인가. 이렇게 다뤼의 사촌 앙리 베일은 어릴 적부터 감사할 줄 모르는 악마의 예술을 실행하면서, 빈에 있는 다뤼 부인의 일벌레 남편에 대한 고통을 덜어 줄 만한 더 편안한 직무를 선택한다. 은인의 부인에게 따뜻한 마음과 부드러운 태도로 선행을 베풀지 않는다면, 이는 은인을 배반하는 것이리라.
그들은 함께 말을 타고 나와 프라터 쪽으로 달려
간다. 그의 부서진 욕망의 집 속에는 갖가지 친밀
한 감정이 착종되어 있다. 그들은 화랑과 보석상,
귀족의 아름다운 고성을 구경하며, 그러다 보면 어
느 때는 경쾌하게 달리는 사륜마차를 타고 바그람
Bagram 병사들이 치열하게 전투를 벌이고, 또 남편
다뤼가 곤경에 허덕이는 헝가리 국경 쪽까지 나아
간다. 오후는 사랑으로 넘실대고, 저녁은 가장 좋
아하는 모차르트와 그의 불멸의 음악으로 채워진
다. 점차 감독관 의복을 입고 있는 기이한 인간은
그의 모든 삶의 의미와 기쁨이 예술에 있다는 사실
을 깨닫는다.

1810년에서 1812년, 파리. 제국의 융성기.

점점 더 화려해진다. 돈 있는 한량 —공적이 없
음을 누가 알랴!— 이 부드러운 여인의 도움으로

추밀원 고문관 겸 황실 재정감독관이 되었다. 그러나 다행히도 나폴레옹은 그의 자문역을 별로 중요시하지 않는다. 그들은 시간이 있고, 신나게 산보할 수 있는 것이다 — 아니, 마차 여행을 다닐 수 있는 것이다! 그도 그럴 것이 앙리 베일의 지갑은 이 갑작스럽게 받은 직무금으로 가득 채워져 있고, 그리하여 그는 자신의 번쩍거리는 전용마차를 몰면서 카페 드 푸아Café de Foy에서 식사하고, 게다가 일등 재단사를 고용하고 있기 때문이다. 그의 사촌 부인과의 관계는 여전한데, 그 밖에도 베레테르Bereyter라 불리는 무용수와 관계한다(젊은 날의 이상이 아니겠는가!). 20대보다 30대에 더 많은 여복을 누리는 것은 참말로 기이한 일이며, 남성이 차가워지면 차가워질수록 여성은 더욱 열정적이 된다는 것은 무어라 설명하기 힘든 것이다. 가난한 학생에게는 그리도 밉게 보였던 파리가 이제 서서히 마음에 들기 시작한다. 진정코 삶은 아름다워진다. 그리고 무엇보다 삶이 가장 아름다운 것은 돈뿐만 아니라 시간 또한 있다는 것, 게다가 시간이 넘쳐서 여유 있게 멋진 이탈리아를 회상해 보고, 그 세계로부터 『미술사*Histoire de la peinture*』라는 책 한 권을 쓸 수 있다는 사실이다. 아, 예술사적 작품을 저술한다는 것, 특히 앙리 베일 같은 사람이 편안하게 앉아서 그것을 완성한다는 것, 4분의 3 이상은 그저 남의 것을 베끼고, 나머지만은 익명과 익살을 섞어 가며 제멋대로 행간을 채운다는 것, 이는 정말 유쾌하고 기상천외한 만족이 아닐 수 없다. 단순히 향락자로서 정신적인 것에 근접한다는 것 자체가 얼마나 행복한 일인가! 어쩌면 앙리 베일은 잃어버린 시간과 여인들을 회상하기 위해 나이 들면 꼭 한번 글을 쓰리라 생각하는지 모른다. 그렇지만 현재로는 그럴 필요가 없는 것이, 삶은 과분할 정도로 풍족하기 때문이다. 삶은 작업실의 삶을 게을리해도 좋을 만큼 풍요롭고 아름다운 것이다!

1812년에서 1813년. 약간의 방해.

나폴레옹은 다시 한번 전쟁을, 그것도 이번에는 몇천 마일 떨어진 곳에서 전쟁을 주도한다. 그러나 헤아릴 수 없이 먼 나라 러시아가 그 호기심 많은 탐험가를 전쟁터로 꾀어 들인다. 한번 크렘린 궁전과 러시아인들을 구경하고, 국가 재정으로 동방 여행을 떠나, 당연히 후방에 머물면서 이탈리아와 독일, 오스트리아에서 그랬듯이 안락하고 위험없이 지낼 절호의 기회가 아닌가? 실제로 그는 위대한 남편에게 보내는 마리 루이제의 편지로 채워진 가방을 받으면서, 그녀의 청에 따라 호사스러운 의장마차와 모피로 두른 썰매를 보내어 비밀우편을 가져오도록 명령한다. 목전에서 보는 —앙리가 경험하여 알고 있는— 전쟁은 그에게는 항상 죽도록 지루했기에, 그는 아무도 모르게 개인적인 놀이 몇 가지를 즐긴다. 12권의 가죽 띠를 입힌 수기집 『미술사』 사본이 그것으로, 이는 몇 년 전부터 시작된

흥미로운 유희인 것이다. 정말이지 혼자서 일하기에는 참모본부처럼 좋은 곳이 어디 있겠는가? 그는 가만히 생각해 본다. 드디어 탈마 또한 모스크바에 와서 거대한 오페라를 공연할 테고, 지독한 권태는 모면하게 되리라. 그러면 새로운 변화가 생기리라. 폴란드 여인들, 러시아 여인들….

앙리 베일은 도중에 연극이 공연되는 역에만 마차를 세운다. 전쟁 속에서 여행하는 중에도 음악 없이는 지낼 수 없으며, 어딜 가나 예술은 그의 동반자임에 틀림없다. 그러나 정말로 놀라운 연극은 러시아에서 그를 기다리고 있었다. 불타는 세계도시 모스크바는 네로 황제 이래로는 어느 시인도 관람하지 못한 대광경을 연출하고 있었으니 말이다. 앙리 베일은 이런 파토스적 동인에도 불구하고 송시頌詩라고는 짓지 않는다. 그의 편지들은 이 불쾌한 사건에 대해서는 거의 언급하는 바가 없다. 일찍부터 이 기묘한 향락자에게는 대대적인 세계의 무력시위가 열 곡조의 음악이나 한 권의 양서만큼도 소중하지 못한 것이다. 예술을 통한 심장의 미세한 전율이 보로디노에서 울려 오는 포성보다 한층 더 그를 감동시킨다. 그는 자신의 삶과 다른 역사에 대해서는 별로 의미를 두지 않는다. 그리하여 그는 거대한 불기둥에서 예쁘게 매달린 볼테르를 낚아올려 기록하며, 이를 모스크바의 기념품으로 고이 간직하려고 한다. 그러나 이번 전쟁의 혹독한 여파는 이 방관자의 발가락까지 떨리도록 깊숙이 침투한다. 베레지나에서 병참관 베일은 별탈 없이 면도할 여유를 갖지만(그런 걸 생각하는 유일한 장교이리라), 부서진 다리를 건너지 않으면 목숨이 경각에 달려 있다. 일기며 그의 수기『미술사』, 전쟁에서 낚아 올린 주옥 같은 기록문, 말과 모피, 여행용 가방 등은 코사크인들의 수중에 들어간다. 몸에는 그저 갈기갈기 찢긴 옷을 걸치고, 비렁뱅이처럼 더러운 모습으로 쫓기면서, 게다가 혹한으로 덜덜 떨면서 프로이센으로 피신한다. 그런데도 그는 오페라를 통해 가쁜 숨을 가다듬는다. 다른 사람들이 목욕탕으로 달려갈 때, 그는 음악을 들으러 달려가 원기를 회복한다. 이처럼 대군의 전멸로 끝난 러시아 원정은 그에게 이틀 저녁 사이에 연주되는 간이 곡보다 더 중요한 일이 아니다. 귀환 도중 쾨니히스베르크에서 열린 〈티투스의 자비〉와 전선으로 이동 중 드레스덴에서 공연된 〈비밀결혼〉이 그러했다.

1814년에서 1821년 마일란트. 다시 서민으로 돌아오다.

앙리 베일은 전쟁을 지겹고도 신물나게 겪는다. 이젠 어떤 전투도 이웃집 싸움 같고, 어느 것이나 그렇고 그래서 "실상은 아무것도 아닌 것"이 되어버린다. 그는 모든 과제와 직무들, 조국이니 싸움질, 서류니 장교니 하는 따위에 싫증이 난다. 나폴레옹이 '전쟁광증'을 보이면서 다시 한번 프랑스 정권을 탈취하건 말건 상관없는 일이다. 그의 일에 병참관 앙리 베일은 전혀 소용되지 않는다. 앙리는 누구에게도 명령하는 법이 없고, 누구에게도 복종하지 않는다. 그는 가장 자연스러우면서 가장 힘든 것만을 욕구한다. 끝까지 그는 자기 자신의 삶을 영위하고자 한다.

이미 3년 전, 그러니까 두 번의 커다란 나폴레옹 전쟁을 치르는 사이에 그는 지갑에 2천 프랑을 소지하고, 어린애처럼 즐거움에 벅차서 이탈리아로 휴가를 떠난 바 있었다. 벌써 그의 청춘기에 대한 향수가 시작되었던 것으로, 그것은 죽는 날까지 노년의 앙리 베일을 떠나지 않는다 — 청춘기란 이탈리아 시절을 의미한다. 마차가 낡은 통로를 터덜터덜 굴러간 이래로, 그는 꼬마 하사관으로서 이탈리아와 여인 안젤라를 수줍고 부끄러운 태도로 사랑했으며, 이제 와서 갑자기 그에 대한 생각에 참을 수 없게 된 것이다. 그는 저녁 무렵 마일란트에 도착한다. 손과 얼굴의 흙먼지를 재빠르게 닦아내고, 옷을 부리나케 갈아입자마자, 그는 음악을 듣기 위해 마음의 고향, 극장 쪽으로 달려간다. 그리고 그의 말처럼 실제로 "음악은 사랑을 일깨운다."

다음 날 아침부터 그는 서둘러 그녀에게 달려가 자신이 왔음을 알린다. 그녀는 여전히 아름다운 모습으로 나타나 정중하게 인사하지만, 어쩐지 낯설다는 표정이다. 그는 앙리 베일이라고 자신을 소개하는데, 그 이름은 그녀에게 생소할 따름이다. 그리하여 그는 주앵빌과 다른 친구들 이름을 기억해내기 시작한다. 그제서야 사랑하는 여인, 수천 번 꿈꾸었던 여인의 얼굴이 환해지면서 미소를 머금는다. "아, 당신은 그 중국인이군요." 경멸조의 별명은 그녀가 이 낭만적 애인에 대해 알고 있는 유일한 것이다. 물론 앙리 베일은 이제 17세의 소년이 아닐뿐더러 아무 짓도 못하는 얼간이 또한 아니다. 그는 대담하고 노골적인 태도로 당시와 현재의 열정을 고백한다. 그녀는 놀란다. "그러시면 왜 그걸 내게 얘기하지 않으셨죠?" 그녀는 자기처럼 너그러운 여자에게는 대수롭지 않은 일이라 쾌히 승낙했을 것이라는 자세인데, 여전히 그럴 시간이야 얼마든지 있는 것이다.

이렇게 하여 낭만주의자는 11년이나 지난 일일망정 그 즉시로, 안젤라를 정복한 저 사랑의 승전일, 즉 9월 21일 11시 30분이라는 날짜를 멜빵끈에다 새겨 넣을 수 있게 된다. 하지만 그런 뒤로 앙리는 파리로 급히 되돌아갔다. 1814년에 다시 한번, 아니 마지막으로 그는 전쟁에 들떠 있는 코르소 지방을 감독하기 위해 파견된다. 조국을 방어해야만 하지만, 천만다행으로 파리에 세 명의 황제가 입성한다 ― 정말 다행스러운 것은 무책임한 프랑스인 앙리는, 비록 자국의 패배라 할지라도, 일단은 전쟁이 끝난다는 데는 기쁨을 감출 수 없기 때문이다. 이로써 그는 마지막으로 이탈리아를 향해 떠날 수 있고, 영원히 모든 관직과 조국으로부터 해방될 수 있는 것이다. 멋진 세월을 이탈리아에서 보내면서 앙리는 오직 음악에, 여인들과의 대화에, 창작에, 예술에만 몰두한다. 그는 방종한 안젤라처럼 사람을 간교하게 속이는 그런 여인들은 물론이고, 아름다운 마틸드처럼 부끄러워 거부하는 애인들과 몇 년간 지낸다. 그럼에도 불구하고 그는 그런 세월 속에서 점점 더 많이 자기 자신을 느끼고 인식한다. 그는 매일 저녁이면 극장에서 음악을 들으면서 영혼을 새롭게 순화하고, 또 때로는 당대의 가장 고귀한 시인 바이런George Gordon Byron과 대화를 즐긴다. 나폴리에서 라벤나에 이르는 그 모든 이탈리아의 아름다움, 예술정신으로 교화된 그 모든 풍부함이 이렇게 함으로써 그 자신 속에 집약되는 것이다. 아무도 구속받지 않고, 아무도 방해하지 않는다. 그 자신이 주인이라면, 다른 한편으로는 그 자신이 명인인 것이다. 형용할 수 없는 자유의 세월이여! "자유 만세!"

1821년 파리. 자유 만세라고? 안 될 말씀. 이탈리아에서 자유를 언급하는 것은 더 이상 쓸모없는 소리다. 오스트리아 신사와 관리들은 이 말을 들으면 얼굴을 사납게 찌푸린다. 책도 마음대로 써서는 안 되는 것이다. 『하이든에 대한 서한집*Briefe über Haydn*』이 표절이고, 그 밖에 『이탈리아 미술사』의 4분의 3 이상, 또는 『로마, 피렌체, 나폴리』 같은 책들이 완전히 표절이라고는 하지만, 책장들 사이 곳곳에는 오스트리아 당국의 코를 간질이는 각종 양념이 들어 있는 것도 알지 못하고 그렇게들 말하기 때문이다. 곧 오스트리아의 엄격한 검열관 바부르셰크 ─이름 한번 희한하지만, 이것이 실명임을 아무도 모르리라!─ 는 빈 경찰국장 제들니츠키에게 그 책들 속에 들어 있는 "수많은 지적사항"을 보고

할 참이다. 이런 식으로 자유정신의 소유자이자 자유거주민 앙리는 쉽게 위험에 빠진다. 오스트리아인들은 그를 비밀결사당원으로 간주하는가 하면, 이탈리아인들은 그를 스파이로 간주한다 ― 좋게 말해 그는 다시 환상을 얻기 위해 초라해지고 도망다닌다. 그런데 먼 안목으로 보면 자유를 위해서는 단 한 가지, 요컨대 돈이 필요한 것이다. 좀처럼 부친에게는 정중한 법이 없는 이 아버지의 서자는 이제 와서 그가 얼마나 얼간이 바보였는가를 명확히 깨닫는다. 부친은 그의 말썽꾸러기 자식에게는 약간의 돈도 남겨 놓지 않았던 것이다. 그러니 어디로 갈 것인가? 그르노블은 숨이 막힌다. 부르봉가의 식충들이 빈둥빈둥 국고를 탕진한 이래로, 전선 후방에서의 멋지고 안락한 마차 여행도 안됐지만 벌써 지나간 일이다. 그리하여 앙리는 파리의 다락방으로 되돌아가 일할 준비를 갖춘다. 책을 쓰는 작업, 그것은 이제까지 순수 만족과 예술 향유의 즐거움에 불과했었다.

1828년 파리. 철학자의 아내 트라시 부인이 운영하던 살롱.

깊은 밤. 양초가 거의 아래까지 타들어간다. 신사들은 카드놀이를 하고, 나이든 트라시 부인은 소파에 앉아 어느 후작 및 그녀의 친구들과 담소하고 있다. 하지만 그녀는 제대로 대화에 집중하지 못하고, 상대의 말소리를 들으려고 계속해서 귀를 불안하게 곤두세운다. 저기 뒤편 벽난로 근처의 다른 방에서 그들의 대화를 방해하는 갖가지 잡음이 들려오기 때문이다. 깔깔거리는 여인의 웃음과 크고 묵직한 어느 신사의 함박웃음이 들려오는가 하면, 이어서 "절대로 아니오, 그건 말도 안 되는 소리지" 하는 격노한 외침이 들려오고, 그리고는 다시 본래의 웃음이 터져나온다. 트라시 부인은 신경이 예민해진다. 이건 볼 것도 없이 항상 숙녀들을 뜨겁게 얼러대는 앙리 베일인 것이다. 그 밖에는 정말 영리하고 예민한 인간이자 호탕하고 쾌활한 인간이건만, 그러나 배우들과의 교제, 특히 이 이탈리아 부인 파스타와의 교제가 그를 형편없이 예절 없는 인간으로 만들었다. 트라시 부인은 손님들에게 잠깐 실례한다고 말하고, 아랫방으로 재빨리 건너가 좀 정숙해 달라고 요구한다. 그는 때맞춰 일어난다. 그리고는 마치 그의 비대함을 감추려는 듯, 럼주 한 잔을 손에 든 채 벽난로의 그늘가로 몸을 숙이는데, 이런 일화들은 총 쏘는 병사가 얼굴을 붉힐 만큼 불꽃을 튀긴다. 숙녀들이 웃고 항변하면서 달아날 것 같지만, 그들은 이 유명한 말재주꾼에게 사로잡혀 언제나 다시 신기하고 흥분된 모습으로 되돌아온다. 그는 바커스 신의 아들처럼 보인다. 얼굴은 붉고 번지르르하며, 눈은 초롱초롱 빛나고, 기질은 호쾌하고도 영악하다. 이제 트라시 부인이 다가온다. 그는 그녀의 냉랭한 눈빛에 한풀 꺾여

말문을 닫는다. 숙녀들은 그 기회를 빌려 미소 띤 얼굴로 슬그머니 꽁무니를 뺀다.

곧 불이 꺼진다. 하인들은 촛농이 흐르는 샹들리에를 가지고 손님들을 계단 아래로 배웅한다. 밖에는 서너 대의 마차가 기다리고, 숙녀들은 각자 그녀의 남자들과 마차에 동승한다. 앙리 베일은 홀로 남아 우울한 심정으로 발길을 돌린다. 아무도 그와 함께 가지 않고, 아무도 그를 초대하지 않는다. 일화들을 이야기하는 것으로 그는 충분히 만족한다. 그렇지 않다면 그는 더 이상 여인들에게 아무짝에도 쓸모없을 것이다. 퀴리알 백작부인은 전처럼 무용수를 후원하는 데 돈이 부족하다는 이유로 그를 해고시킨다. 앙리 역시 서서히 늙어 가는 것이다. 그는 낙담한 채 겨울비를 맞으며 리슐리외가에 있는 그의 집을 향해 총총히 걸음을 옮긴다. 의복이 더럽혀졌지만, 아직 이발사에게 돈도 주지 못한 마당에 그게 대수로운 것이 아니다. 인생의 가장 좋은 시절이 지나가면 모든 게 끝난 것 아닌가 하며 그는 정말 깊은 한숨을 내쉰다. 언짢은 마음으로 그는 꼭대기 층을 향해 힘없이 올라가는데, 그의 호흡은 마냥 무거워 헐떡거린다.

먼저 그는 불을 켜고 서류와 계산서를 훑어본다. 그런데 이 얼마나 비참한 잔고인가! 자산은 바닥나고, 책에서는 전혀 수확이 없다. 몇 년이 지난 현재 정확히 27권의 '사랑'에 대한 책들이 팔려 나갔다. 불과 얼마 전만 해도 출판인은 "그의 책이 성스럽다고 하는 까닭은 어느 누구도 그런 감동을 자아내지 못하기 때문"이라고 그에게 철면피처럼 말한 바 있었다. 하루에 5프랑의 방세가 밀리고, 어느 귀엽고 발랄한 청년에게는 상당한 빚이 남아 있지만, 불쌍하게도 여인과 자유를 사랑하는 뚱뚱한 노신사에게는 여력이 없는 것이다. 이럴 때는 모든 것을 결산하는 것이 최후의 방편이다. 그는 2절지 종이를 꺼내서 이 우울한 한 달 사이에 다음과 같은 네 번째 유서를 적는다.

"본 서명자는 나의 사촌 로맹 콜롱에게 리슐리외가 71번지 내 호텔에 소유하고 있는 모든 것을 양도한다. 나는 직접 공동묘지로 이관되기를 바라며, 내 장례 비용은 30프랑 이내로 한다."

그는 물론 추신을 남긴다.

"내가 끼친 모든 폐에 대해 로맹 콜롱에게 부디 용서를 비는 바이다. 나는 무엇보다 이 회피할 수 없는 사건으로 말미암아 슬픈 일이 발생하지 않기를 간절히 부탁한다."

"이 회피할 수 없는 사건으로 말미암아"라는 문구 ― 내일 친구들이 전갈을 받고 달려와 군용 권총의 탄환이 두개골에 박혀 있으면, 그들은 그 뜻을 이해하게 되리라. 그러나 다행히도 앙리 베일은 오늘도 피곤하다. 그는 자살을 하루 더 미루는데, 다음 날 아침에는 친구들이 찾아와 그의 울적한 기분을 유쾌하게 해 준다. 이때 친구들 중에 하나가 그의 방을 거닐다가 '쥘리앵'이라는 표제의 흰 2절지 종이를 발견한다. 그 친구는 호기심이 생겨서 이게 무엇인지를 묻는다. 그러자 스탕달은 소설 하나를 쓰려던 참이라고 능청스럽게 대꾸하는 것이다. 이를 읽어 본 친구들은 매우 감동하면서 이 상심한 인간에게 용기를 북돋아 준다. 이렇게 해서 실제로 그의 작품이 시작되는 것이다. 제목 '쥘리앵'은 삭제되고, 나중에 불멸의 명칭이 되는 '적과 흑'으로 대치된다. 이날부터 앙리 베일은 정말 완전히 사라지고, 다른 이름이 영구한 세월을 살게 된다. 그 이름은 스탕달이다.

1831년 치비타베키아. 새로운 변신.

전함들이 축포를 터뜨리고, 돛대 위의 깃발은 세차게 나부끼며 경의를 표한다. 그때 한 뚱뚱한 신사가 화려한 프랑스 외교관 복장으로 기선에서 내린다. 경례! — 수놓은 조끼와 상의와 연결된 바지 차림의 이 신사가 바로 프랑스 총영사 앙리 베일인 것이다. 과거에는 전쟁 덕분이었듯이 이제는 하나의 변혁, 즉 6월혁명 덕분에 그는 다시 한번 높은 자리에 올랐다. 자유주의자가 되어서 어리석은 부르봉가에 끝까지 반기를 들었던 대가를 보상받는다. 게다가 활동력 있는 여성의 간언이 있었기에 그는 사랑스러운 남국의 총영사가 되었던 것이다. 본래는 트리스트에 있기를 원했지만, 유감스럽게도 그곳의 메테르니히 경이 의심스러운 책의 저자를 바람직하지 못하다 하여 체류를 거부하였다. 이 때문에 조금은 기분이 상한 채로 치비타베키아에서 프랑스를 대표하게 되지만, 하지만 어쨌든 여기가 이탈리아이고, 봉급도 1만 5천 프랑이나 받으니 만족스러운 것이다.

치바타베키아가 지도상 어느 지점에 있는가를 당장에 알지 못한다고 부끄러워해야 할 것인가? 절대로 그렇지 않다. 이곳은 이탈리아의 모든 도시들 중에서도 가장 형편없는 도시이자, 하얀 석회암으로 덮여 있고, 무더위가 열기를 뿜어내는 쓸모없는 분지인 것이다. 항구가 있지만 그것도 고대 로마 범선이 출항한 이래로 점점 더 모래에 뒤덮여 좁아진 항구일 따름이며, 석회암이 퇴적되어 이루어진 도시는 그야말로 황량하고 공허하여, 여기 있는 "사람은 권태로워 죽을 지경이다." 이 유형지에서 앙리 베일은 로마로 가는 도로가 제일 마음에 드는데, 왜냐하면 로마까지는 불과 17마일이기 때문이다. 앙리 베일은 당장 이 길을 그의 품위를 높이는 데 자주 이용하기로 결심한다. 그는 본래 일을 해야 했다. 보고서를 꾸미고 외교업무도 수행하면서,

자리에 붙어 있어야 당연한 일이었다. 그러나 외부 업무에는 까막눈인 베일은 보고서도 전혀 읽지 않는다. 이 앉아 있는 예술에 정신을 소모시킬 이유가 없다는 것이다 ─ 차라리 모든 실권을 그는 못된 인간, 그의 하급관료 타베르니에Tavernier에게 넘겨 준다. 이 심술궂은 작자는 그를 미워하는데, 그는 이 부랑자가 그의 빈번한 부재에 대해 떠벌리지 않도록 권세를 만들어 주어야 하는 것이다.

앙리 베일은 여기서도 그의 공무를 소홀히 처리한다. 시인을 그토록 지긋지긋한 웅덩이에 빠뜨리는 국가에 대해 속임수를 쓴다는 것이 그에게는 진지한 이기주의자를 위한 영예로운 의무인 것처럼 생각된다. 그렇다면 로마에서 영리한 인간들과 화랑들을 구경하고, 어떤 핑계를 대서라도 파리로 돌아가는 것이 여기서 갈수록 둔감해지는 것보다 훨씬 더 나은 것이 아니겠는가? 항상 골동품 수집가 부치 씨를 찾아가고, 똑같이 처량한 신세인 반푼귀족들과 잡담이나 할 수 있는 것인가? 하지만 이런 질문은 오해다. 오히려 그는 거기서 자기 자신과 대화를 나눈다. 이를테면 오래된 도서관에서 몇 권의 연대기들을 사들여, 그중에서 가장 아름다운 것들을 선별해 소설로 적는다. 그는 이미 늙어 버린 50년의 경륜으로 여전히 젊은 영혼을 소유하고 있는 듯 서술한다. 그렇다, 그것이 당연한 것이다. 시간을 잊지 않으려고 그 역시 자기 자신을 되돌아본다. 그런데도 그가 서술하는 과거의 수줍은 소년은 뚱뚱한 영사관에게 너무나 아득한 것처럼 여겨진다. 그는 창작하는 가운데 "다른 인간을 발견하고 있다"고 믿는다. 앙리 베일, 소위 스탕달은 그의 청춘을 글로 쓰되, 아무도 이 약어 H. B., 이 앙리 브릴라르가 누구였는지 모르도록 부호로 두꺼운 노트 깊숙이 기입해 놓는다. 그리고는 모든 사람이 망각하던 자기 자신을 그 역시도 망각한다. 이것이 자기 젊음의 신생을 표현하려는 유쾌하고도 기만적인 예술의 유희인 것이다.

1836년에서 1839년, 파리.

또다시 재생이 —기적처럼!— 일어나고, 그는 또다시 빛으로 귀환한다. 여인들이여, 신의 은총이 깃들기를. 모든 선은 그들로부터 오노니. 얘기인즉 그녀들은 오랫동안이나 외무장관이 된 그 명망 높은 드 몰레 백작을 구워삶아, 국가적인 대사에 그가 스스로 눈을 감도록 만들었다. 정말이지 치비타베키아의 총영사인 앙리 베일 씨는 멋대로 3주의 휴가를 슬며시 3년으로 연장했고, 그의 직무로 돌아갈 생각조차 하지 않는다. 그렇다, 3년간 총영사는 그의 늪 속에서 웅크리고 있는 대신에 파리에서 안락하게 안주하고, 그의 못돼먹은 부하와 있는 것이 아니라 그리스 출신의 도박꾼들과 보내면서 월급을 털어먹는다. 그는 시간이 있어서 기분 좋은 것이다. 그는 또다시 사교계에 출입할 수 있지만,

연애사건을 꾀하는 데는 벌써부터 소심해진다. 그는 지금 하고 싶은 것, 특히 인생에 있어서 가장 아름답다고 생각되는 것은 얼마든지 할 수 있다. 호텔 방을 왔다갔다 하면서 그는 소설 『파름의 수도원』을 집필한다. 근무하지 않고도 두툼한 봉급을 받으니 마음대로 글을 휘갈길 수 있는 호사를 누릴 수 있는 것이다. 그토록 자유로우니 소설 한 권 쓰는 데 사탕이나 진통제가 전혀 필요없는 것이다. 지상에서 자유 이외의 다른 하늘은 그에게 존재하지 않는다.

그러나 그 하늘은 곧 무너져 내린다. 강직하고도 너그러운 외무대신, 그의 보호자였던 드 몰레 백작이 —그를 위해 기념비를 세워 준 절정기에!— 실각하고, 새로운 권력자 수Soult 원수가 외무대신 직책에 들어선다. 그는 시인 스탕달에 관해서는 아는 바 없고, 단지 교회국가 프랑스를 주장하고 그 대가로 3년간 파리의 극장들에서 여유 있게 앉아 있는 신사 앙리 베일만을 관등서열표에서 발견한다. 장군께서는 처음에는 뭐 이런 사람이 있나 놀라워하다가는, 공문서들은 팽개치고 빈둥거리는 게으른 관리에 대해 격분해 마지 않는다. 그리하여 지체 없이 떠나라는 엄한 훈령이 불벼락처럼 떨어진다. 앙리 베일은 투덜거리면서 관복으로 갈아입고, 시인 스탕달의 옷은 벗어던진다. 54세의 앙리 베일은 타는 듯한 무더위 속에서 피곤하고 짜증스럽게 유형지로 돌아간다. 그러면서 그는 이번이 마지막이라고 느낀다.

1841년 3월 22일 파리.

장대하고 뚱뚱한 남자가 불르바르 너머로 터덜터덜 힘들게 걸어가고 있다. 그러나 여기서도, 그가 멋쟁이 신사처럼 손에 든 지팡이를 빙빙 돌리면서 여인들을 바라볼 때는 한창나이의 젊은이와 진배없다. 한편 걸음을 옮길 때마다 그의 떨리는 팔은 땅바닥에 고정된 지팡이에 의존한다. 스탕달, 그는 1년 사이에 너무나 늙어 버렸다. 예전의 타는 듯한 두 눈은 무겁고 퍼렇게 그늘진 눈꺼풀 밑으로 느슨하게 처져 있고, 입술은 신경이 균열되어 갈지자로 씰룩거린다. 몇 달 전에는 마일란트에서 있었던 저 최초의 정사에 대한 격렬한 추억이 처음으로 그의 심장을 무섭게 두들겼다. 그는 방혈법放血法* 을 시술받았고, 거기에 연고와 여러 가지 물약들을 발라야 했다. 그리하여 마침내 외무부는 병자에게 치비티베키아에서의 송환을 허락했다. 하지만 파리가 무슨 소용이고, 『파름의 수도원』에 대한 발자크의 감동적인 글이 무슨 소용이랴? "일단 허무가 가깝게 스쳐 가고," 이미 죽음의 손마디에 시험받는 남자에게, 어물쩍거리며 첫 번째 꽃송이를 피우기 시작하는 명성이란 아무 소용도 없는 것이다.

---

* 역주: 중풍이나 빈혈 등 혈액 계통의 질환에서 피를 방출하여 치료하는 방법이다.

그는 비운의 그림자를 피곤하게 드리우며 계속해서 그의 집을 향해 무거운 발걸음을 옮긴다. 화려하게 빛나는 마차도, 한가롭게 잡담하는 보행자들도, 그리고 옷자락을 바스락거리는 매음부도 쳐다보지 않는다 ― 천천히 멀어져 가는 검은 점은 해 저문 저녁 거리의 어른거리는 빛의 유희에 따라 반사되는 비극의 장면이리라.

갑자기 떠들썩한 소요와 함께 호기심 어린 무리가 모여 있다. 뚱뚱한 신사는 바로 현금거래소 앞에서 쓰러져 눕는다. 눈망울은 초점을 잃은 채 돌출해 있고, 얼굴은 파랗게 질려 있다. 두 번째의 치명적 타격이 그를 엄습한 것이다. 사람들이 달려와 미약하게 숨쉬는 사람의 목을 뒤로 젖히고, 그를 약국으로 데려가고 나서는, 그길로 그의 작은 호텔 방에다 옮겨 놓는다. 그의 방은 무수히 많은 종이들과 메모지, 갓 쓰기 시작한 작품들과 일기들로 너저분하다. 그런데 거기 널려져 있는 글들 중 하나에는 기이할 정도로 선견지명있는 말이 씌어져 있는 것이다. "내 생각에 고의로 그러지 않는 한, 노상 객사하는 것은 전혀 재미난 일이 못 된다."

  1842년, 궤짝.

  값싼 화물, 거대한 나무궤짝이 덜그럭거리며 치비타베키아에서 이탈리아를 가로질러 프랑스로 운반된다. 그것을 여러 사람들이 끌어다 스탕달의 사촌이자 유언장의 집행인 로맹 콜롱에게 전달한다. 그는 경외심을 보이며(누가 신문들이 여섯 줄의 추모사조차도 내기를 꺼려 했던 고인을 걱정하랴!), 이 기인의 모든 작품들을 출간하려 한다. 그는 해머로 궤짝을 뜯는다 ─ 아 맙소사, 그 안에는 얼마나 많은 종이가 들어 있고 또 그것은 얼마나 꼬불꼬불한 기호와 비밀부호로 난삽하게 씌어 있는가! 이 얼마나 한심한 글쟁이의 유물들인가! 그는 가장 읽기 쉽고 깨끗한 글들을 꺼내어 그대로 다시 베껴 적는데,

이 충실한 사람조차도 이런 일에는 몹시 힘겨워한다. 그런데 『뤼시앵 뢰방』이라는 소설에는 "아무것도 할 일 없는" 체념자라고 적혀 있고, 자서전에도 역시 "이것으로 끝났다"라는 말이 적혀 있다. 그는 '앙리 브륄라르'라는 무용한 인간으로 유예된 채, 10여 년간이나 이렇게 종이쪽지 속에 남아 있는 것이다. 이제 이 전혀 '쓸모없는 뭉치,' 이 무용지물, 이 휴지 더미로 무얼 하겠는가? 콜롱은 모든 것을 궤짝에다 꾸려 넣어 스탕달의 옛친구 크로체에게 보내며, 크로체는 그걸 다시 최후의 안식처 그르노블의 도서관으로 보낸다. 거기서 책들은 전통적 도서분류법에 따라 제각각 번호로 매겨진 쪽지가 부착되고, 그 위에 도장이 찍혀서는 도서목록으로 등록된다. 영령이여 고이 잠드소서! 스탕달 필생의 작품과 자서전적 삶을 기록한 2절판 서적 60권이 도서들의 거대한 무덤 속에 정식으로 보관되어 빛을 보지 못한 채 먼지를 풀풀 날리는 것이다. 무려

40년 동안이나, 이 잠자는 서적들에 손가락 때를 묻힌다는 것은 생각조차 할 수 없었다.

1888년 11월 파리.

인구는 불어나고, 도시는 확장된다. 파리에는 이미 8백만 명의 인파가 북적대지만, 그들이 항상 바쁘게 달려가고자 하는 것은 아니다. 어쨌든 대단위 사회는 몽마르트르로 향하는 새로운 도로를 계획한다. 문제는 방해물, 몽마르트르 묘지가 길을 가로막고 있는 것이다. 기술자들은 그런 골칫거리에 대한 처방을 알고 있으니, 산 자들을 위해 죽은 자들 위로 인도교를 건설하자는 것이다. 그럴 경우 몇 개의 묘지를 파헤치지 않을 수 없는데, 이 때문에 네 번째 줄 11호에서 기이한 비문이 새겨진, 완전히 버려지고 황폐한 묘지 하나를 발견한다.

"밀라노인 아리고 베일, 말했노라, 썼노라, 사랑

했노라."

이 묘지에는 이탈리아인이 잠들어 있단 말인가? 참으로 기이한 비문에 기이한 남자로다! 그러나 우연히 어느 누군가가 이 근처를 지나가다가 언젠가 프랑스 가명으로 신고된 작가 앙리 베일이 여기 묻혔다는 사실을 기억해 낸다. 사람들은 긴급히 위원회를 결성하고, 약간의 기금을 모아 오래된 비문을 바꾸기 위해 새로운 대리석판을 사들인다. 그리하여 행방불명 되었던 이름이 돌연 부패된 시신 위에서 번쩍인다. 때는 1888년, 그러니까 사람들의 뇌리에서 망각된 지 46년째 되던 해이다.

그런데 기묘한 우연의 일치가 발생한다. 사람들이 그의 무덤을 생각해 내 그의 시신을 이장한 같은 해에, 그르노블에 찾아와서 무료한 시간을 보내던 폴란드의 젊은 언어학자 스트리엔스키가 한번은 우연히도 도서관에 들른다. 그는 여러모로 낡고 먼지 쌓인 2절판 수기집들이 모서리에 꽂혀 있음을 발견하며, 그 내용을 자세히 읽어서는 비밀을 밝혀내기 시작한다. 읽으면 읽을수록 그의 흥미는 그만큼 더해 간다. 그는 한 출판인을 추적한 끝에 그를 찾아낸다. 일기이자 앙리 베일의 자서전, 뤼시앵 뢰방이 빛을 보게 되고, 이로써 최초로 스탕달의 진면목이 백일하에 드러나는 것이다. 스탕달의 진정한 동시대인들은 형제애의 영혼을 감동스럽게 인지한다. 왜냐하면 그는 현실적이고 시대부응적인 인간들에게 그의 작품을 전하려고 했던 것이 아니라 장래의, 다음 세대의 인간들에게 그것을 전하려 했기 때문이다. 그의 서적들을 보면, "나는 1880년에 가서야 비로소 유명해지리라"라는 구절이 여러 번 나온다. 당시에는 의지할 곳 없는 자의 허풍이 지금은 놀라운 현실이 되어 있는 것이다. 그의 육체가 무덤에서 발굴되는 세계적 순간과 동시에, 그의 작품은 허무의 어두운 그늘로부터 솟구

쳐오른다. 그렇지 않았더라면 정녕 믿지 못할 사람이 그의 재생을 연도까지 정확하게 고지했던바, 시인은 이런 말뿐만 아니라 저런 말 속에서도 언제나 예언자인 것이다.

자아와 세계

"그는 사람들 마음에 들 수 있었으나 남들과는 너무 달랐다."

앙리 베일은 그의 창조적 갈등을 태어날 때부터 양친에게서 물려받았다. 이미 부친과 모친의 기질 사이에서 절반의 이종적異種的 요소가 날카롭게 상충된다. 세뤼뱅 베일 ─세뤼뱅이라는 이름에서 모차르트를 생각할 필요는 없으리라─ 또는 미움받는 패륜아 앙리가 항상 증오하여 '잡종'이라고 칭하는 아버지는 강인하고 인색한 데다가, 영악하고 지나치게 돈만 아는 지방 부르주아를 대표하는 인물이다. 말하자면 플로베르와 발자크가 그들의 작품에서 성난 주먹으로 두들겨 팬 부르주아의 대명사인 것이다. 부친에게서 앙리 베일은 거대하고 뚱뚱한 체격을 물려받을 뿐만 아니라 철두철미 이기적인 자기편향성을 물려받는다. 반면에 모친 앙리에트 가뇽Henriette Gagnon은 낭만적 기질의 남쪽 지역 출신이며, 심리학적으로 관찰해 볼 때도 로만 혈통임이 분명하다. 그녀는 라마르틴Alphonse de Lamartine으로부터 시를 익히고 장-자크 루소에게서 감상성을 체득하고 있어서인지, 본성 자체가 부드럽고 음악적이며, 감정이 풍부하고 남방적 감각을 소유한다. 앙리 베일의 에로스적 열정, 감정의 충일, 신경의 고통스럽고 예민한, 대단히 여성적인 감수성은 일찍이 세상을 뜬 모친 덕분이다. 이 혈통의 상호 역류에 끊임없이 찢겨져 나가면서, 이원성의 이 기괴한 자식은 평생 동안 '부성애와 모성애,' '리얼리즘과 낭만주의' 사이에서 거세게 흔들린다. 이런 까닭에 장래의 시인 앙리 베일은 늘 모순적이고 이중적 태도를 취하게 된다.

소년 앙리 베일은 일찍부터 감정이 이끄는 대로 매사를 결정한다. 그는 모친을 사랑한다(그의 고백에 따르면, 그는 심지어 위험할 정도로 모친을 조숙한 소년의 정열로써 사랑한다). 반면에 그는 '부친'을 경멸조로 증오한다. 그의 증오는 스페인 사람처럼 차갑고 냉소적으로 일그러져 있으며, 수상한 자를 심문하듯 부친의 뒤를 쫓아다닌다. 스탕달, 아니 '앙리 브륄라르'의 자서전보다 정신분석학적으로 그토록 훌륭한 오이디푸스 콤플렉스가 문학적 배경으로 깔려 있는 곳은 어디에서도 거의 찾아보기 힘들 것이다. 그러나 때 이른 긴장이 찾아와 어린애를 무지막지하게 괴롭히는데, 그도 그럴 것이 모친이 그가 일곱 살 되던 해에 세상을 떠났기 때문이다. 그리고 그가 열여섯에 마차를 타고 그르노블을 떠나는 순간, 부친 또한 내적으로는 세상을 떠난 것으로 간주한다. 그날부터 그는 부친에 대해 함구하며, 증오와 경멸을 마음속 깊이 새겨 두고 묻어 둔다. 그럼에도 불구하고 모질고 계산에 철저하며 꼼꼼한 시민인 부친은 온통 잿물을 뒤집어쓰고, 허연 석회 가루로 범벅이 되어 멸시를 당하면서도, 50년 동안이나 앙리 곁에 거주하면서 그를 유령처럼 끈질기게 따라다닌다.

50년 동안 부친과 모친 두 분의 영적 혈통, 즉 엄격한 정신과 낭만적 정신이 그의 내부에서 끊임없이 싸운다. 그렇지만 어느 한편이 다른 한편에 항복을 선언하는 법은 전혀 없었다. 잠깐 동안 스탕달은 모친의 오른편에 서 있는 아들이다. 그러나 다음 순간, 또는 어머니 편에 서 있는 순간까지도, 그는 부친의 아들인 것이다. 어떤 때는 수줍고 소심하며, 어떤 때는 완고하고 반어적이고, 또 어떤 때는 몽상적이며 낭만적이다가도, 곧바로 의심 많고 계산적인 성격으로 돌변한다 — 심지어는 눈 깜

짝할 사이에도 열기와 냉기가 뒤섞여 부글거린다. 감정이 이성을 넘쳐흐르는가 하면, 다시 지성이 감각을 냉철하게 제어한다. 한번도 이 대립물은 온전히 하나로 화합되는 법이 없으며, 더욱이 다른 편에는 결코 예속되지 않는다. 우리는 정신과 감정의 영원한 전쟁을 치르는 가운데 소위 스탕달이라는 시인의 위대한 심리전보다 더 아름다운 전투가 벌어지는 것을 거의 보지 못할 것이다.

일차적 선행조건은, 그러나 결정전도 전멸전도 없다고 하는 사실이다. 스탕달은 그 대립으로부터 패배했거나 지리멸렬하지 않았다. 이 향락자의 본성은 진실로 비극적인 운명을 피하기 위해 모종의 윤리적 냉담, 차갑게 관찰하고 경계하는 호기심을 늦추지 않는다. 평생 동안 이같이 깨어 있는 정신의 본질 때문에 그는 모든 파괴적이고 마성적인 힘을 조심스럽게 떨쳐 내는 것이다. 그도 그럴 것이 그의 영악함의 지상명령은 자기보존이기 때문이다. 그는 실제로도 나폴레옹 전쟁 내내 그런 식으로 매사를 이해했고, 그래서 그는 전선에서 멀리 떨어진 후방에 머물렀다. 영혼의 전쟁에 있어서도 스탕달은 죽느냐 사느냐 하는 투쟁의 결단자로서 관찰자의 확실한 위치를 선택한다. 그에게 전적으로 결여되어 있는 것은 파스칼, 니체, 클라이스트가 보여 준 저 최후의 도덕적 자기희생이다. 그들은 그들의 모든 투쟁을 삶의 결단으로까지 강압적으로 끌고 나갔다. 반면에 스탕달은 자신의 간극을 감정적으로 인고하면서, 그의 정신적 안정성을 바탕으로 하여 그 간극을 미적 연극으로 향락하는 데 자족한다. 이 때문에 그의 본질은 그가 겪는 모순된 감정으로부터 결코 뒤흔들리지 않는다. 그는 이 이중성을 한번도 철저히 증오하는 법이 없으며, 오히려 그것을 진심으로 사랑하기까지 하는 것이다. 그는 다이아몬드를 자를 정도로 날카롭고 정확한 지성을 귀중한 어떤 것으로 사랑한다. 왜냐하면 그것이 그에게 세계를 이해시켜 주기 때문이다. 그러나 다른 한편으로 스탕달은 감정의 충일, 그의 과도한 감수성 또한 사랑하는데, 왜냐하면 그것이 그를 진부한 일상의 무감각과 투박함에서 분리시켜 주기 때문이다. 마찬가지로 그는 두 본질의 극단에서 발생하는 위험 역시 알고 있다. 지성은 가장 숭고한 순간들조차 차갑게 하고 냉담하게 만들 위험이 있으며, 감정은 지나치게 모호하고 가상적인 것에 빠져들어 그의 삶의 조건인 명료함을 파괴할 위험이 있는 것이다. 그래서 그는 두 가지 영적 성격의 어떤 입장에 서더라도 다른 편의 특성을 기꺼이 배워 익히고자 한다. 스탕달은 그의 감정을 명료하게 하고, 다시 이성을 열정화하려고 부단히 노력한다 ― 평생 동안이나 그의 '낭만적 지성'과 '지성적 낭만주의'는 동일한 긴장과 동일한 느낌을 자아낸다.

그러므로 스탕달의 표현법은 어떤 것이든 이중

적이고, 결코 단순한 일의성—義性을 띠지 않는다. 이 이중세계 속에서만 그는 온전한 자아를 실현한다. 그의 가장 강렬한 순간들은 항상 본원적 대립들의 상호침투와 병존에 의거한다. 그는 언젠가 "그가 감흥이 없을 때는 재치도 없어 보였다"고 자평한다. 다시 말해 올바르게 사유하기 위해서 항상 감흥을 받아야만 하지만, 그러나 다시 정확하게 감각하기 위해서 자기 감흥의 박동수를 헤아려야 하는 것이다. 한편으로 그는 몽상을 삶에 있어 가장 귀중한 감각조건으로 찬양한다. "내가 가장 사랑하는 것은 몽상이었다." 그러나 그 반대유희, 진리 없이는 삶을 도무지 영위하지 못한다. "내가 명료히 보지 못할 때는 나의 세계 모든 것이 사라져 버렸다." 괴테는 언젠가 흔히 향락이라 부르는 것이 "자신에게는 항상 감각과 지성 사이에서 부동浮動한다"고 고백하는데, 스탕달도 이런 점에서는 괴테와 조금도 다를 바 없다. 그는 오로지 정신과 피의 뜨거운 혼융에 의해서만 세계의 감각적 아름다움을 지각하기 때문이다. 그가 알기에 영혼의 유동성이란 오직 대립의 지속적 교대로부터만 생겨난다. 오늘날까지도 우리는 스탕달의 책 한 장만 넘겨도 신경계통의 저 따끔함과 통렬함, 소란스럽고도 짜릿하며, 폐부에 와닿는 생동감을 감지하는 것이다. 극단에서 극단으로 흐르는 이 생명력의 도약에 의해서만 스탕달은 그의 본질의 창조적이고 빛을 발하는 원동력, 힘의 열기를 향유한다. 점점 더 깨어나는 자기상승의 본능이 정열을 촉발함으로써 이 넓은 긴장 영역을 보존하는 것이다.

자기완성의 이 같은 통찰과 세련된 기술 덕분에 스탕달은 이지적인 동시에 감각적으로 영적 섬세함의 최고경지에 도달한다. 우리가 수십 년간의 세계문학을 되돌아보아도 그토록 섬세하면서 정신적으로 날카로운 감관을 찾아보기는 힘들 것이다. 그토록 명료하고 냉철한 지성에도 불구하고, 얇은 피하질로 이루어진 신경과민의 감각성은 빼어나기 그지없다. 하지만 바로 그런 신경과민, 요컨대 날카롭게 전율하고 감각하고, 관능적임으로 해서 그는 형벌을 받지 않을 수 없었다. 섬세함이란 언제나 다치기 쉬운 기질이다. 그리고 예술에 대한 은총은 대부분의 경우 예술가에게 삶의 궁핍으로 변한다. 스탕달이라는 이 초유기적超有機的 존재는 얼마나 그의 주변세계로 인해 고통받는가! 그는 얼마나 낯설고 권태롭게 가련한 시간, 수난의 시간 한가운데 서 있는가! 이런 이지적 감정을 소유한 자는 비정신적인 것을 언제나 일종의 모독으로 느끼며, 이런 낭만적 영혼의 소유자는 우둔한 짓이나 진부한 윤리적 타성을 요마妖魔의 압박으로 느낀다. 동화 속의 공주가 수많은 잔털과 깍지들에 눌리면서야 비로소 완두콩을 감지하듯이, 스탕달 또한 모든 거짓말과 위장된 제스처를 고통스럽게 감지한다. 냉수가 병든 혀에는 효험 있듯이, 모든 사이비 낭만성, 격렬한 방종이라든가 애매모호한 것이 그의 알고자 하는 본능에 거부감을 일으킨다. 솔직함과 자연스러움에 대한 그의 감정, 그의 정신적 까다로움은 너무 많고 너무 적은 것을 똑같이 낯설게 느끼기 때문에 고통스러운 것이다 — "내가 가장 싫어하는 인간은 천박한 자와 속물이다."

그는 꼼꼼한 것뿐만 아니라 천박한 것에 고뇌한다. 감정으로 달콤하게 데워지고, 열정의 촉매로 끓어오른 단 하나의 구절이 그의 책 한 권을 못 쓰게 만들 수 있고, 서투른 움직임 하나가 가장 아름다운 에로스적 모험을 망쳐 놓을 수도 있다. 언젠가 그는 나폴레옹의 전장을 감동스럽게 주목한다. 대포들이 천둥처럼 지축을 뒤흔들고, 노을진 구름 속에서 일몰의 태양이 돌연 번쩍번쩍 광채를 발하는 살육의 혼돈이 신경을 마비시키듯 무섭게 그의 예술가적 영혼을 자극한다. 그는 거기 서서 공포에 공감하며 전율한다. 그때 우연히도 옆에 있던 장군이 이 무지막지한 연극을 호언 한 마디로 표현하는 것을 본 것은 불운한 일이다. 그는 "거대한 전쟁이로다!"라고 그의 옆사람에게 말을 건네는데, 이 졸렬한 감탄사를 내뱉자마자 그는 즉시 공감의 모든 가능성을 짓눌러 버린다. 그는 서둘러 자리를 뜨면서 자신의 치졸함에 욕하고 화내고, 실망과 허탈함을 금치 못한다. 그의 과민한 감각 언어가 조금이라도 쓸데없는 구절이나 거짓이 감정의 표현 가운데 섞여 있음을 느낄 때는 언제나, 그의 감정의 박자는 저항감을 노출한다. 불명료한 사고, 과도한 언어, 그때그때 느낌의 모든 과시와 과장은 이 감수성의 천재로 하여금 그 즉시 심미적 거부감을 토해 내게 한다. 그런 까닭에 동시대적 예술경향에 대해서도 거의 찬성할 수 없는데, 왜냐하면 당시 예술의 주류는 샤토브리앙의 경우 특히 감미롭고 낭만적이며, 빅토르 위고의 경우에는 사이비 영웅적 경향을 띠고 있기 때문이며, 그랬기에 그는 사람들과 쉽게 사귀지 못하는 것이다. 그러나 이렇게 지나친 신경과민은 대부분 자기 자신에 대한 반감으로 되돌아온다. 조금만 감각에 맞지 않는다든가 불필요한 감정의 고조가 있어도, 또는 감상적인 분위기에 빠진다든가 아니면 애매모호하고 비굴한 느낌이 엄습할 때면, 그는 언제나 엄격한 선생처럼 자신을 심하게 꾸짖는다. 점점 더 명석해지고 냉철해지는 오성이 그의 몽상 속으로 깊숙이 파고들어서 수치심의 모든 껍질을 가차없이 벗겨 내는 것이다. 이제까지의 어떤 예술가도 이렇게 철저히 자기 명예심을 키운 적도 드물 것이며, 어떤 영혼의 관찰자도 이토록 무섭게 자기 비밀의 우회로와 미궁을 주의 깊게 감시한 적은 드물 것이다.

이런 식으로 스탕달은 자기를 인식하기 때문에 신경과 정신의 과민함이 그의 천재성이요 덕성이자 위험이라는 사실을 어느 누구보다 더 잘 알고 있다. 그는 "다른 자를 살짝 긁어 놓는 것이 내게는 피가 나도록 상처 입힌다"고 말한다. 다른 자들의 살 갗을 가만히 스쳐 지나는 것도, 이 극도로 예민한 자에게는 핏속까지 상처 입힌다는 것이다. 그렇기 에 그는 어린 시절부터 본능적으로 다른 자들, '타 인들'을 자아에 대한 극단적 대립자, 낯선 이방의 혈통으로 느낀다. 이미 그르노블 시절의 작고 미숙 한 소년은 급우들이 제멋대로 기뻐 날뛰는 것을 보 았을 때 타아他我라는 것을 인지했고, 그 뒤로도 이 탈리아에서 어린 티가 졸졸나는 약관의 하사관으 로서 이를 경험했던 것이다. 정말이지 그는 다른 장교들이 마일란트 여인들을 희롱하고 일부러 큰 소리가 나도록 군도를 딸그락거릴 때, 놀라운 시선 으로 그 짓을 바라보면서 멋쩍고 서투르게 흉내 내 곤 했었다. 한데 그는 당시에 자신의 유약함과 서 투름, 섬세한 성품을 남성다운 기질의 결핍 혹은 미 숙아의 부끄러운 행태로 여겼었다. 그는 수년 동안 ─지극히 우스꽝스럽고 결국은 헛된 짓이건만!─

그의 천성을 억누르고 철저히 속물이 되고자 노력했다. 그것은 오로지 이 전쟁판의 막돼먹은 사내들과 닮아 보려는, 그리고 그들에게 뽐내 보려는 시도에 불과했다. 갈수록 그는 이런 짓거리에 피곤해지고 고통을 느끼게 되며, 그리하여 다감한 인간은 자신의 치유불능의 이질성 속에서 우수 어린 매력을 발견한다. 심리학자의 본성이 깨어나는 것이다.

스탕달은 점차 자신에 대한 호기심이 발동하여 자신을 발견해 나가기 시작한다. 우선 그는 대부분의 사람들보다 자신이 훨씬 섬세한 신경조직의 소유자로서, 그들보다 훨씬 예민하고 민감하다는 사실을 확증한다. 주변 사람들은 그렇게 정열적으로 느끼거나, 그렇게 명료하게 사유하지 않는다. 아무도 자신처럼 열정의 감정과 명료한 사유를 동시에 소유하지 못하는 데 반해, 그는 가장 섬세하게 느끼고, 그러면서도 미세한 것조차 놓치지 않는 능력을 소유하고 있는 것이다. 물론 이 같은 별종 인간들의 유형, "우월한 존재"가 따로 있음은 의심할 바 없는 일이다. 그렇지 않고서야 어찌 그가 그 준엄하고 지혜로운 인간 몽테뉴, 자신과는 다르면서도 폭넓고 조야한 자들을 경멸하는 정신적 인간을 이해할 것이며, 그렇지 않고서야 어찌 그가 모차르트와 똑같은 영혼의 경쾌함이 자신의 내부에 지배적인가를 깨달을 수 있을 것인가? 그리하여 30대에 들어선 스탕달은 최초로 그가 불운한 인간의 대명사라기보다는 오히려 특수하고 기이한 자들의 부류, "특권적 존재"의 고귀한 혈통에 속한다는 것을 예감하기 시작한다. 그들은 상이한 국가, 상이한 민족과 조국에 여기저기 나뉘어 산재하면서 평범한 암벽들 속에 박혀 있는 보석처럼 탁월한 자태를 나타내 왔던 것이다.

그는 자신이 그들 부류에 속해 있음을 감지한다 (스탕달은 프랑스인들에게 속해 있는 것이 아니다. 그는 프랑스 국적을 몸에 쬐어 맞지 않는 옷처럼 벗어던진다). 그는 어느 다른 나라, 눈에 보이지 않는 조국에 거주한다. 대단히 섬세한 감관과 예민한 신경조직의 소유자들, 결코 천박한 무리와 일벌레들 속에 섞이지 않고 시간 속으로 도도히 노 저어 가는 부류들과 거주하는 것이다. 그는 오직 이 "행복한 소수," 귀가 밝고 세련된 시각을 지닌 자들, 밑줄도 치지 않고 책을 읽고, 번뜩이는 눈빛과 찰나의 시각을 매번 본능적으로 이해할 수 있는 재빠른 통찰자들에게만 글을 쓴다 ─ 그는 그의 세기를 넘어서서 오직 그런 자들에게만 그의 책을 선사하며, 오직 그런 자들에게만 그의 감정의 비밀을 슬며시 털어놓는다. 그가 드디어 경멸하는 법을 배운 이후로, 그에게는 객기 어린 허풍선이로밖에는 보이지 않고, 또 맵게 양념한 것, 진부하기 짝이 없는 것을 떠벌이는 속물이 무슨 상관 있겠는가? 스탕달은 그의 주인공 쥘리앵에게 "타인이 내게 무슨 소용인가"라고 거만한 투로 말하게 한다. 그렇다, 그렇게 비속하고 천박한 세계에서 아무 결실이 없다 한들 부끄러워할 필요가 없는 것이다. "평등이란 사람을 즐겁게 해 주는 법칙"이고, 이런 천민과 동화되기 위해서는 평등한 업적을 세워야 하는 법이지만, 그러나 다행히도 "비범한 존재," "우월한 존재"가 있게 마련이다. 개별적이고 특이한 범례, 하나의 개체, 범인과는 다른 별종이 있는 것이지, 떼 지어 다니는 수놈의 무리가 있는 것은 아니다. 그 모든 외적인 굴욕, 출세하지 못하는 좌절이나 여인들로 인한 수치, 문학에서의 완전한 실패, 이런 것을 스탕달은 자신의 특이함을 발견한 이래로 그의 우월성의 증거로서 향유한다. 스탕달이 보여 주는 쾌활한 풍모, 저 그럴듯한 쾌활과 태평스러워 보이는 자만심 때문에 그의 열등감은 승리를 구가하는 것이다. 그는 이때부터 줄곧 의도적으로 공동체에서 거리를 취한다.

그는 단지 "그의 성격을 개발하고," 그의 영적인

모습을 누구보다 특출나게 다듬는 데만 근심한다. 미국적인 세계, 테일러 경제 체제에서는 특수성만이 가치 있다. "조금이라도 비범한 것만이 흥미롭다." 자, 유별난 존재가 되어라! 우리들 내부에 존재하는 진기함을 고집하고 강화하라! 네덜란드에서 눈만 뜨면 튤립만 기르는 자라 해도 스탕달이 그의 모순과 톡특함을 가꾸어 값진 화합물을 만들어 낸 것보다 더 훌륭한 교배종을 재배하지는 못했을 것이다. 그는 그런 것을 '베일리즘'이라 칭하는 자기정신의 본질 속에, 예술과 다를 것이 없는 철학 속에 갈무리한다. 앙리 베일은 '베일리즘'을 앙리 베일이라는 존재 내에 영구히 보전하려 한다. 스탕달은 그의 시대에 대해 의식적으로 반대입장을 보임으로써 다른 모든 사람으로부터 더욱 철저하게 격리되며, "사회 전체와 전쟁 중에 있는" 주인공 쥘리앵처럼 살아간다. 그는 시인으로서는 아름다운 형식을 경멸하는 반면에 민법 책을 참다운 시

학으로 선언하고, 군인으로서는 전쟁을 경멸하는
가 하면, 정치가로서는 역사를 비웃고, 프랑스인으
로서는 프랑스인들을 조롱한다. 그가 사방에다 자
신과 인간들 사이에 도랑과 가시철망을 설치하는
것도 인간들의 접근을 막기 위함이다. 이러니 무슨
직업에 종사하든 실패가 따라다닌다. 군인이든 외
교관이든 문학가든 하는 일마다 성과를 거두지 못
하면서도 자부심만은 오히려 배가한다. "나는 떼
지어 다니는 짐승이 아니고, 그럴진대 나는 아무
것도 아니다." 그렇다, 아무것도 아니라는 것은 천
민들이 볼 때만 해당된다. 다수의 무위도식자들에
섞여 있을 때에만 한 사람의 무위도식자가 성립되
는 것이다. 그가 행복감을 느끼는 경우는 계급, 종
족, 지위, 조국이니 하는 어떤 것에도 끼어들지 않
을 때이다. 이 비속한 양 떼들 한가운데서 결실을
올리려고 큰길을 허겁지겁 다니는 대신에, 자기 길
을 자기 발로, 다리 두 개 달린 하나의 역설처럼 이

리저리 거니는 것에 감흥을 느낀다. 바삐 몰려다닐 바에는 차라리 제자리에 머물러 있거나 밖에 서 있는 편이, 아니 홀로 서 있는 편이 나으리라. 그렇지만 그것도 자유롭게 머물러야 하리라.

그런데 이 모든 강박과 간섭으로부터 자유롭게 머무르고 풀려난다는 것이 무엇인지를 스탕달은 천재다운 사고로 이해했다. 그가 이따금 궁핍 때문에 직업을 택하고 제복을 입어야만 한다면, 먹을 것에 핍박받지 않고, 세금이나 그 밖의 생계금을 해결하는 데 절대로 긴요한 것에만 정확히 벌어 쓴다. 그의 사촌이 그에게 기병 복장을 입혀 줄 때도, 이 때문에 그는 자신을 조금도 군인으로 느끼지 않는다. 그는 소설을 쓰지만, 이 때문에 전문적 저술가로 헌신하지는 않는다. 화려하게 수놓은 외교관 복장을 입고 있을 때에도, 그는 집무 시간에 진정한 스탕달의 면모라고는 피부와 솟아오른 복부, 뼈마디만 공유한 앙리 베일을 자리에 앉혀 놓는다.

그러나 예술과 학문은 물론이요, 특히 관직에 있을 때의 그의 진면목은 일부분조차 거의 드러나지 않는다. 실제로 함께 공무를 맡아보던 동료들 중의 한 사람은 일생 동안 그가 프랑스의 위대한 시인과 똑같은 일을 수행했고, 또 같은 책상에서 문서를 내밀었다는 사실을 상상조차 하지 못했다. 그뿐만이 아니라 그의 저명한 문학동료들까지도(발자크를 제외한) 그에게서 재미있는 만담가 기질, 일요일이면 때맞춰 그들의 경작지로 승마 나오는 퇴역장교의 자태만을 알고 있었다. 아마도 동시대인들 가운데에서 쇼펜하우어만이 심리학적으로 위대한 형제 스탕달과 유사한 연금술적 정신의 고립성 속에서 영향력을 발휘하고 살았는지 모른다.

그러므로 저 스탕달 고유의 실체를 알게 하는 마지막 부분은 항상 도외시된 채 남아 있다. 이 진기한 요소를 화학적으로 규명한다는 것은 스탕달 본연의 실제적이고 강렬한 행위의 입증을 의미한다. 그는 한번도 이기적 성품, 내향적 삶의 자세에서 보이는 자기애욕을 부인한 적이 없었다. 정반대로 그는 자기 편집성을 자랑할 뿐만 아니라 심지어 '에고이즘'이라고 하는 새롭고 도전적인 세례명을 덧붙여 과시한다 ―같은 표기라 하더라도 이를 그의 비속하고 타락한 이복형제 '에고이즘'과 혼동해서는 결코 아니 된다. 그도 그럴 것이 에고이즘이란 남의 것을 무자비하게 강탈하며, 탐욕의 손과 질투심으로 잔뜩 찌그러진 얼굴을 가지고 있기 때문이다. 그것은 악의로 가득하고, 쩨쩨하기 짝이 없고, 도무지 만족할 줄 모른다. 에고이즘은 충동으로만 가득 차 있어서 메마른 감정의 야수성에서 헤어나지 못한다. 이에 반해 스탕달의 에고이즘은 어느 누구의 어떤 것도 탈취하려 하지 않는다. 그는 귀족적인 풍모로 돈벌레들에게 돈을, 명예욕에 사로잡힌 자들에게 관직을, 야심가들에게 훈장과 깃발을, 문학가들에게 명성의 비누 거품을 허락한다— 제발 그것으로 행복하기를! 그는 그들이 한 줌의 티끌 때문에 으스대거나 비굴해지고, 칭호에 매달리거나 품위에 탐닉하는 모습들, 그리고 떼거지로 몰려다니면서 흡사 세계를 지배하기라도 하는 듯한 거들먹거림을 내려다보면서 비웃음을 흘린다 — 잘하는군, 잘해! 그들에게 반어적 미소를 짓기는 하지만, 거기에는 질투나 소유욕 따위는 들어 있지 않은 것이다. 제발 주머니에 돈을 가득 채우고, 배불리 먹고 살기를!

스탕달의 에고이즘은 단지 열정 어린 자기방어일 뿐이다. 그는 어느 누구의 구역도 침범하지 않고, 어느 누구의 문지방도 넘어가지 않는다. 그는 인간들 안에서 앙리 베일이 홀로 거처할 수 있을 만큼의 공명심, 다시 말해 개성이 강한 열대성 희귀식물이 방해받지 않고 움틀 수 있는 하나의 산실만을 원한다. 스탕달은 그의 관점과 경향, 그의 환희조차도 오직 자기 자신으로부터, 오직 독자적으로 길러 내기를 원하는 것이다. 한 권의 책, 아니면 하나의 사건이 다른 사람 모두에게 얼마나 가치 있는가는 그에게 전혀 무관심하고 사소한 문제인 것처럼 보인다. 어떤 사실이 동시대와 세계사, 나아가 영원성으로 영향력을 행사할 것이냐 하는 것에도 그는 거만하게 반어적 태도를 취한다. 이를테면 전적으로 그의 마음에 드는 것만이 아름답다는 찬사를 받는다. 순간적으로 적절하다고 간주되는 것만이 올바르다. 그리고 그가 경멸하는 것은 천박하다. 이런 식의 생각을 독단적으로 피력한다고 해서 그는 불안해하지 않는다. 이와는 반대로 고독은 그를 행복하게 해 주고 자기감정을 강도 있게 해 준다. "타인이 내게 무슨 상관이란 말인가!" 이런 쥘리앵의 표명 역시 순수하고도 잘 훈련된 에고이즘 미학의 중요한 일환인 것이다.

"그러나" 여기서 무분별한 항변은 중단된다. "무엇 때문에 에고이즘이라는 지극히 허황된 말이 유독 이 경우에만 당연하다는 것인가? 물론 멋지다고 생각하는 것을 멋지다고 칭하는 것이야말로 가장 당연한 일임에는 틀림없다. 그의 일생은 오직 개인적으로 좋다는 생각에 따라 이루어졌으니!" 지당한 말이고, 또 혹자는 그렇게들 말하고 싶어 한다. 그러나 자세히 관찰할 때, 누가 그토록 철저히 자유롭게 느낄 수 있으며, 그토록 자유롭게 사유할 수 있는가? 그리고 한 권의 책, 하나의 그림과 사건을 마치 자기가치에 따라 형성하는 것처럼 보이는 사람들이 있다 한들, 그들 중에 어느 누가 전 시대, 전 세계와 감히 시종일관 맞서 싸울 용기를 지니고 있는가? 우리 모두는 서로를 인정할 때 전혀 의식도 못하는 사이에 감동을 받는다. 시대의 대기는 우리의 폐, 심장 깊숙이 들어와 숨쉬고 있으며, 우리의 판단과 관점은 수없이 동시대의 그것과 마찰하면서 모르는 사이에 날카롭게 닦인다. 그런 과정에서 집단적 견해의 암시는 대기를 통하여 라디오 전파처럼 눈에 보이지 않게 사방으로 나래를 편다. 따라서 인간의 자연적 반사는 결코 자기주장이 아니라 시대적 견해에의 자기동화이거나 다수감정에의 항복인 것이다. 다수가 인간성을 강압적으로 적응시키는 지배적 다수이고, 그들 수백만이 본능적 또는 타성적으로 사적이고 개인적인 관점을 허용치 않는다면, 이미 거기에는 거대한 기계장치가 조용히 들어서 있는 것인지도 모른다. 이 수백만 명의 분위기가 자아내는 정신적 압박을 자신만의 독자적 의지로 저지하기 위해서 그에게는 항상 아주 특별난 괴력, 극도로 고조된 용기가 필요한 것이다. 몇 명이나 이런 그를 알고 있단 말인가! 그는 자신의 고유성을 보존하기 위하여 아주 비범하고 잘 다듬어진 힘을 그의 개체성 속에서 최대한 발휘해야 하는 것이다. 확고한 세계인식, 정신의 신속한 통찰력, 모든 무리와 집단에 대한 지상 최대의 경멸, 비도덕적인 행위까지도 주저하지 않는 결단성, 무엇보다도 두둑한 배짱, 자기입증을 위하여 조금도 흔들림이 없는 불굴의 용기는 스탕달 자신만이 지니고 있는 특징이다.

에고이스트 중에서도 에고이스트 스탕달은 이런 용기의 소유자였다. 그가 얼마나 대담하게 그의 시대, 모든 인간 전체와 홀로 대적하는가를 보는 것은 영혼을 즐겁게 한다. 그는 번갯불 같은 위풍만을 호신용 방패로 삼아, 기발한 술책과 강렬한 공격으로 반세기 동안이나 고군분투하는 것이다. 때로는 다치고 남몰래 피흘리면서 고통스럽게 살아가지만, 죽는 순간까지도 이런 태도를 견지해 나가며, 그럼으로써 자신의 고유성과 고집을 티끌만큼도 희생시키지 않는다. 반대입장이 그의 중요한 요소라 한다면, 자립은 그의 욕망인 것이다. 이 영원한 반정부주의자가 얼마나 무도하고 뻔뻔하게 일반적 견해를 반박하고, 또 얼마나 대담하게 이에 도전하는가 하는 것은 그의 책 수많은 곳에서 읽을 수 있다. 모든 것이 싸움판으로 뒤범벅되어 있고, 그의 표현에 따르면, 프랑스에서는 "영웅의 개념이 고수장鼓手長과 진배없노라"고 말하는 시기에 있어서, 그는 워털루 전쟁을 카오스적 힘들의 전혀 파악할 수 없는 뒤범벅 상황이라고 기술한다. 그는 사료편찬자들이 세계사적 서사시로 찬양하는 러시아 원정 기간 동안 개인적으로는 지겹게 권태로웠다고 서슴없이 고백한다. 그런가 하면 그의 애인을 다시 보기 위한 이탈리아 여행이 그에게는 조국의 운명보다 더욱 중요하고, 모차르트의 아리아 한 편을 감상하는 것이 정치적 위기를 느낄 때보다 훨씬 더 흥미로웠노라 확언하기를 부끄러워하지 않는다. 스탕달은 심지어 프랑스가 외국군에게 "정복당하는 것조차도 아무 일도 아닌 양 코웃음 친다." 일찍이 선택받은 유럽인이자 세계정치가였던 그는 일순간도 전쟁광이나 동시대적 견해, "가장 천치 같은 사랑"인 애국주의, 국가주의를 위하여 근

심하는 것이 아니라 오로지 그의 정신적 본질의 참
된 구현과 실제화를 위하여 근심할 뿐이다.

무섭게 요동치는 세계사의 한가운데서 자신의
개인적인 것을 너무나 독단적이고 예민한 감성으
로 강조한 나머지, 그의 일기장을 읽는 사람은 때
때로 그가 정말로 이 모든 역사적 연대 속에서 자
기 개인을 입증한 것이 아닌가 의심한다. 그러나
설령 그가 전쟁의 한가운데를 말 타고 달리거나 아
니면 관직에 앉아 있었다 해도, 어떤 의미로든 그
런 것과는 전혀 상관없다. 스탕달은 항상 자기 자
신에게만 머물러 있었다. 그는 결코 연대의식을 가
져야 한다거나, 영혼을 감동시키지 않는 사건들에
까지 정신적으로 참여해야 한다고는 느끼지 않았
다. 연대기에 투영된 괴테가 세계사적 기념일에 중
국책만을 읽고 있었듯이, 스탕달 역시도 그의 시대
의 세계를 뒤흔드는 가장 충격적인 순간에 가장 개
인적인 작업만을 기술한다. 시대사와 그 개인의 역

사는 마치 다른 문자와 다른 어휘의 소산인 것처럼 보인다. 이 때문에 스탕달은 주변 세계에 대해 무책임한 대신에 자기 세계에 대해서는 그만큼 더 탁월한 존재가 되고 있는 것이다. 완벽하고도 가장 가치 있는 에고이스트, 누구와도 견줄 수 없는 에고이스트 스탕달에게 있어서, 모든 사건은 기어코 영혼의 내적 감흥으로 환원된다. 스탕달 내지 앙리 베일이라는 일회적이고 다시는 반복될 수 없는 개체는 그런 감흥을 세계정황으로부터 경험하고 이로 인해 고통받는다. 어떤 예술가도 스탕달보다 더 고집스럽고 철저하며, 열광적 태도로 자아를 위해 삶을 영위하지는 못했을 것이며, 어떤 예술가도 이 영웅적 자기 편집광, 철두철미한 에고이스트보다 자기 자아를 위해 예술적 능력을 더욱 충만하게 전개하지는 않았으리라.

그러나 바로 이 자기탐닉적인 폐쇄성, 이 주도면밀한 밀폐성과 연금술적 밀봉술을 통하여, 스탕달이라고 하는 본질은 강렬하게 남아 있고, 우리에게 풍기는 자기 본연의 향기 또한 순수하게 보전되어 있는 것이다. 그리하여 동시대의 불순한 색감에 물들지 않은 그의 본질 속에서 우리는 진기하고 특이한 전형의 위대한 인간, 영원한 개체가 하나의 형상으로 살아 있음을 관찰할 수 있는 것이다. 정말이지 프랑스의 백여 년을 되돌아보아도, 어떤 작품, 어떤 인물도 그의 작품과 그의 성격만큼 근본적으로 신선하며 새롭고, 순수성을 보존하지는 못했다. 그 스스로가 시대와 거리를 취했기에 그의 작품들은 무시간적으로 영향력을 지니는 것이며, 또한 그는 그의 내적 삶만을 영위했기에 아직도 살아서 영향을 행사하는 것이다. 한 인간이 그의 시대를 위한 삶을 살면 살수록, 그는 점점 더 그의 시대와 더불어 사멸한다. 한 인간이 그의 참다운 본질 내부에 깊숙이 머무르면 머무를수록, 그는 더욱 소중한 인간으로 남아 있는 것이다.

예술가

진실을 말하자면, 나는 내가 남들에게 읽힐 만큼
어떤 재능이 있는지 전혀 확신할 수 없습니다.
그렇지만 가끔 글쓰는 것은 즐거운 일입니다.
그리고 그것이 전부인 것입니다.
– 발자크에게 보내는 스탕달의 편지

문학의 가장 열렬한 수호자 스탕달은 인간, 직업,
관직, 어떤 것에도 전적으로 헌신하지 않는다. 그
런데 그가 장편 내지 단편소설, 심리적 작품 등의
책들을 창작할 때는 오직 이 책들의 집필에만 몰두
한다. 하지만 이런 열정까지도 오로지 자기향유에
만 봉사한다. 사후에 발견된 유고에서 "만족감을
주지 않는 어떤 것도 하지 않았음"을 자기 삶의 최
대업적으로 찬양하는 스탕달은 이런 작업이 그에

게 자극을 줄 동안만 예술가였다. 예술이 그의 최종목적, '즐거움,' 쾌락, 자기기쁨에 봉사하는 경우에만 그는 예술에 봉사한다. 그러므로 스탕달이 시인으로서 세계에 중요한 인물이 되었다 해서 그의 예술경향 또한 같은 식으로 헤아리려는 자들은 큰 오류를 범하는 것이다. 맙소사, 이 자유를 꿈꾸는 망상가가 시인 족속 중에서도 직업저술가로 간주되었더라면 얼마나 무섭게 격노했을 것인가!

그러나 그의 유언집행자는 완전히 자의적으로, 그리고 스탕달의 마지막 의지를 고의로 변형시켜서, 그가 이룬 문학적 과대평가를 비문에다 새겨 넣는다. 그는 "썼노라, 사랑했노라, 말했노라"라는 대리석판을 주조하는데, 유언장에는 분명히 "말했노라, 썼노라, 사랑했노라"라는 다른 순서의 문구가 씌어 있는 것이다. 자신의 좌우명에 충실했던 스탕달로서는 이 순서에 의거하여 그가 삶을 창작보다 우선순위에 놓았다는 사실을 죽어서도 알고 싶어 했던 것으로, 생시에도 그는 향락을 창작보다 더 중시했던 것이다. 여하한 저작 행위조차도 그에게는 자기전개의 오락적 보완 기능에 불과하거나, 권태를 이기기 위한 수많은 유희수단 가운데 어떤 것일 따름이었다. 문학이란 이 정열적 삶의 향락자에게 그저 우연성의 표현 형식일 뿐 그의 개성의 결정적 표현 형식은 아니었다는 것을 인식하지 못하면 그를 제대로 알지 못하는 것이리라.

물론 젊은이로서 갓 파리에 당도해서는 이상적 사고에 벅차 있었고, 한번 작가가 되기를, 그것도 유명한 작가가 되기를 원한 적이 있었다. 그러나 17세의 소년치고 누가 그런 걸 원치 않으랴? 그는 당시에 몇 권의 철학적 논설들에 매달리고, 운문으로 된 희극도 손대 보지만 결국은 미완으로 끝난다. 그리고 나서는 17년간 문학을 완전히 잊어버리고 말을 타거나 관직에 앉아 있었으며, 한가롭게 가로수 길들을 산책한다. 공연히 사랑하는 연인들을 우울하게 우러러보지만 이도 헛된 일이다. 그는 글쓰는 일보다 미술과 음악에 훨씬 더 신경쓴다. 1814년에는 돈이 바닥나 말을 팔아야 할 지경에 이르는데, 이때 그는 남들이 모르는 이름을 사용하여 『하이든의 인생』이라는 책을 재빨리 써 갈긴다. 그뿐만이 아니다. 그는 뻔뻔스럽게도 가난한 이탈리아 저술가 카르파니의 원고를 도둑질한다. 그는 이 낯선 신사 봉베에게 자기 책을 도난당한 것을 알고서 부리나케 달려와 제발 돌려달라고 애원하지만 때는 이미 늦었다. 그 뒤로도 그는 『이탈리아 미술사』를 저술하는데, 이것도 여기저기 다른 책들을 긁어모아 합성하고 거기에다 몇 가지 일화를 슬쩍 뿌려넣은 것에 불과하다.

그가 붓을 제멋대로 휘갈기고, 갖가지 익명으로 세상을 우롱하는 것은 한편으로는 돈이 굴러들어오기 때문이요, 다른 한편으로는 그런 짓에 재미를 느끼기 때문이다. 예컨대 오늘 그가 즉흥적으로 미술사학자를 자처하면, 내일은 국가경제학자를 자처하여 『기업가에 대한 음모*Un complot contre les industrielles*』를 써내고, 모레는 문학평론가인 양 『라신과 셰익스피어』를 펴내거나 심리학자로서 『연애론*De l mour*』을 위시한 몇 권의 책을 펴낸다. 이렇게 우연스러운 시도를 행할 때마다 그가 인정하는 바와 같이, 저술이란 그에게 별로 힘든 일이 아니다. 누군가 영특한 머리를 지니고 있어서 그의 사고가 재빨리 말로 옮겨진다면, 창작과 담화 사이에는 거의 차이가 없으며, 말과 글로 옮기는 것 사이에는 더더욱 차이가 없는 법이다. 그도 그럴 것이 스탕달은 그의 책에다 연필로 아무렇게나 적거나, 아니면 손목을 가볍게 하여 휘갈겨 쓸 만큼, 형식이라는 것이 그에게는 별로 의미가 없기 때문이다 ― 그는 문학을 기껏해야 훌륭한 특산품의 감상 정도로 느낀다. 이미 스탕달이 자신의 본명 앙리 베일을 그의 창작품들에 등장시켜야 할 필요성을 느끼지 않는다는 사실은 모든 야망에 대한 그의 무관심을 입증하고도 남는다.

40세가 되어서야 스탕달은 비교적 자주 작업에 몰두한다. 왜 그럴까? 야망과 열정이 커졌다거나, 예술에 대한 사랑이 좀 더 깊어져서일까? 아니다, 전혀 그런 것이 아니고 그저 배가 부르기 때문이다. 중년의 사나이는 —유감스럽게도!— 여성들에게서 얻은 소득이 별로 없을 뿐만 아니라 이렇다 할 재력도 없는 데 반해, 시간만 지겨울 정도로 남아돌기 때문이다. 짧게 말해 이 사나이는 "권태에서 벗어나기 위하여" 무엇인가 대용물을 필요로 하는 것이다. 가발이 언젠가 빽빽하게 엉클어진 머리카락을 대치하듯이 소설은 이제 스탕달에게 삶의 대용물이다. 사실적 삶의 모험이 약화되자 갖가지 꿈틀거리는 몽상들이 그 자리를 메우는 것이다. 그는 마침내 살롱에 앉아 마구 지껄이는 것보다는 글쓰기가 훨씬 재미나고, 또한 자신과의 대화야말로 그보다는 유쾌하고 정신적으로 풍부하다고 생각한다. 그렇다! 소설쓰기가 너무 진지한 것이 아니고, 또한 이 파리의 작가들처럼 손가락에 땀과 야심으로 얼룩지지만 않는다면, 이 일은 현실적이다. 그렇지만 않다면 소설을 쓴다는 것은 아주 상쾌하고 깨끗하고 고상한 만족감을 주는 일, 에고이스트에게도 걸맞은 작업일 뿐만 아니라 혼자서만 고고하게 즐길 수 있는 정신의 유희인 것이다.

중년의 사나이는 점점 더 이런 유희에서 짜릿한 자극을 느낀다. 이 일은 그리 큰 노고가 필요치 않다. 한 권의 소설쯤이야 머릿속에서 생각나는 대로 값싼 대필자를 시켜 석 달 내에 옮겨 적을 수 있으니, 그리 큰 수고와 시간도 낭비할 까닭이 없는 것이다. 게다가 소설을 쓰면서 농담도 할 수 있고, 그의 적을 슬며시 조롱하고, 세상의 온갖 비천함도 반어적으로 꼬집을 수 있으리라. 가면을 쓰면 자신을 노출하지 않고도 희한한 젊은 애들의 속성으로 돌리는 영혼의 가장 연약한 흥분을 전달할 수 있으리라. 마음 놓고 열정을 보일 수 있음은 물론이려니와, 어른이면서도 어린애처럼 꿈꾸는 데 부끄러워할 필요가 없는 것이다. 이렇게 하여 스탕달의 창작은 향락이 되고, 이를 통해 그것은 교화된 향락자의 가장 사적이고 내밀한 자기환희로 변전해 간다. 그러나 스탕달은 결코 위대한 예술 내지 위대한 문학사를 창조할 감각을 소유한 것은 아니다. 그는 "내가 아주 좋아하는 것에 대해서만 말했고, 소설을 만드는 기술에 대해서는 생각해 본 적이 없었다"고 발자크에게 솔직하게 고백한다. 스탕달은 형식뿐만 아니라 비평, 대중, 신문, 영원한 가치를 생각하지 않는다. 그는 창작을 할 때에도 완벽한 에고이스트로서 오직 자기 자신과 자신의 즐거움만을 생각한다. 그리하여 마침내, 아주 오랜 세월을 보낸 뒤인 50여 세에, 그는 책을 쓰면 돈도 벌 수 있구나 하는 아주 특별한 사실을 새삼 발견한다.

그리고 이것이 그의 쾌감에 박차를 가하게 되는데, 앙리 베일의 극단적인 이상은 여전히 고독과 자립이기 때문이다.

그의 책들이 제대로 수확을 가져온다고는 말할 수 없다. 대중의 위장은 건조하게 조리된, 기름과 감상성의 향료 없이 버무려진 음식에는 익숙지 않다. 그는 자기형성을 위해서라도 대중을 생각하지 않을 수 없는 시점에 도달해 있다. 요컨대 그는 다른 세기의 '행복한 소수' 엘리트, 1890년에서 1900년에 빛을 보는 세대에 비해 뒤처져 있는 것이다. 그런데도 스탕달은 동시대적 냉담에 그리 슬퍼하지 않는다. 마지막으로 그의 책들은 오직 자기 자신에게 보내는 편지들이다. "남들이 내게 무슨 소용인가?" 스탕달은 이렇게 자신을 위해서만 서한을 기록한다. 노년의 향락주의자는 새로운 재미, 마지막으로 즐길 수 있는 가장 짜릿한 유희거리를 찾아냈다. 언젠가처럼 다락방 책상에는 양초 두 개가 타고 있는 가운데, 그는 쓰거나 받아적게 하는 유희에 여념이 없다. 영혼과의 이 같은 친숙하고도 내밀한 자기대화는 생의 종말을 맞이하면서 모든 여인과 친구들, 카페 드 푸아*나 그곳에서의 대화, 심지어 음악보다도 훨씬 더 중요해진다. 고독 속에서의 향락, 향락 속에서의 고독은 그의 최초와 최후의 근원적 이상인 것으로, 50여 세의 스탕달은 드디어 예술에서 자신을 발견한다.

말년의 기쁨이 찾아오는 것도 사실이지만, 이는 우수 어린 황혼녘의 기쁨이자 이미 체념의 구름으로 뒤덮여 있다. 그럴 수 있는 것이 스탕달의 문학은 그의 삶을 창조적으로 결정짓기에는 너무나 뒤늦게 시작되기 때문이다. 43세의 나이에 그의 최초 소설 『적과 흑』이 나오고 —초기작 『아르망스』는 진정한 의미의 대표작에 포함되기 어렵다— 50세

---

* 역주: 파리에 있는 카페 이름으로, 이곳에는 당시에 예술가, 작가, 급진적 지식인들이 모여서 토론을 즐겼다고 한다.

에는 『뤼시앵 뢰방』이, 이어서 54세에 세 번째 소설 『파름의 수도원』이 나오는 것이다. 이 세 소설이 그의 문학적 업적의 전부인 것으로, 동력의 중심부에서 볼 때 그것은 동일한 하나, 서로가 같은 근원체험 내지 본질체험의 세 가지 변형일 뿐이다. 그리고 그것은 바로 노인의 마음속에서 소멸되지 않고 항상 새롭게 재생되는 청춘기 앙리 베일의 영혼체험의 역사이기도 하다. 이 세 소설 모두에 나타나는 영혼의 역사가 그의 후배작가이자 경멸자 플로베르로 하여금 소설의 제목을 『감정교육』이라 칭하게 된 근본적인 동인이라 할 수 있을 것이다.

이유인즉 그의 소설들에 등장하는 세 명의 젊은 이, 즉 학대받는 농부 아들 쥘리앵, 심성이 유약한 후작 파브리치오, 은행가의 아들 뤼시앵 뢰방은 다 같이 불처럼 타오르는 무절제한 이상을 가지고 차가운 세기의 한복판으로 휩쓸려 들어가기 때문이다. 그들 모두는 나폴레옹을 위시한 영웅성, 위대함, 자유에 대한 열렬한 신봉자로서, 감정의 충일을 못 이겨 현실적 삶을 용인하기보다는 높고 정신적인 것, 보다 활기찬 형식을 우선적으로 추구한다. 그들 셋 모두가 뜨거운 열정을 억누른 채 착종된 마음과 순결한 사랑을 여인들에게 바친다. 그런데 이들을 무섭게 일깨우는 것은 서리처럼 차갑고 역겨운 세상에서는 뜨거운 심장을 지녔어도 이를 감추고, 자신의 애끓는 마음조차 부인해야 한다는 결정적 인식이다. 그들의 순수한 출발은 '타인들'의 소심함, 시민적 불안, 스탕달이 영원한 적으로 간주하는 것들에 부딪혀 산산이 조각난다. 그들은 점차 상대방의 계략 및 갖가지 권모술수, 교활한 계산을 배워 가는 동시에 세련되어지고 거짓말을 통해 세속적이고 차가워진다. 아니면 좀 더 의심스럽게도 그들은 영리해지고, 그것도 노년의 스탕달처럼 영악하고 이기적인 인간으로 변한다. 그들은 탁월한 외교관이나 사업의 천재, 기품 있는 주교가 된다. 짧게 말해 이 세 주인공 모두가 진실된 영혼의 왕국, 청춘과 순수한 자아를 고통스럽게 뿌리친 것으로 느끼자마자, 그들은 현실과 타협하고 그것에 동화되는 것이다.

50여 세의 앙리 베일이 이런 소설을 쓰게 된 근본원인은 이 세 젊은이 때문이었다. 아니, 그보다는 언젠가 비밀스럽게 가슴속에서 호흡하던 잃어버린 젊음, 또 한번 열정적으로 체험하려는 "20세의 젊음" 때문이었다. 그의 박식하고 차갑고, 그러면서도 종종 환멸에 빠지는 정신은 세 젊은이를 통하여 자신의 청춘을 서술하는 한편, 그의 예술적 통찰력과 명석한 지성은 항상 새롭게 시작하는 낭만주의를 표현한다. 그럼으로써 소설들은 놀랍게도 그의 본질의 원초적 대립을 통합한다. 여기서 청춘의 고귀한 혼란은 노년의 성숙한 통찰과 더불어 형상화되며, 정신과 감정, 사실주의와 낭만주의 사이에서 벌어지던 스탕달 본연의 삶의 투쟁은 이

불후의 소설들 속에서 승전고를 울린다. 개개의 소설에서 벌어지는 투쟁은 마랭고, 워털루, 아우스터리츠 전쟁처럼 지속적으로 인류의 회상에 남게 된다.

비록 서로의 운명이 상이하고 혈통과 성격도 다르지만, 이 세 명의 젊은이는 감정의 형제들이다. 그들은 그들의 창조자로부터 타고난 낭만적 기질을 물려받아 이를 발전시켜 나간다. 그들이 분담하는 세 가지 반대역할 자체가 바로 동일한 기질의 소산인 것이다. 이를테면 모스카 백작, 은행가 뢰방, 드 라몰 백작은 다시 앙리 베일이라는 한 인물의 구현이지만, 그러나 그것도 완전히 정신적으로 명료해진 지성인, 이성의 뢴트겐 투시로부터 점차 모든 이상이 사라지고 근절된, 후기의 지혜로운 늙은이의 분신들인 것이다. 이들 세 명의 배역자들은 삶이라는 것이 어떻게 젊은이로부터 형성되어 귀결되는가, 어떻게 그들이 "모든 분야에 열정적으로 관심을 갖다가 환멸을 느끼고 조금씩 깨어나는가"를 상징적으로 보여 준다(이는 곧 앙리 베일 자신의 삶과 같다). 영웅적 공상가의 기질은 완전히 소멸된다.

이제 마법적 도취는 사라져 버리고 빼어난 책략과 술책이 이를 대신하며, 차디찬 유희 욕구가 본원적 열정을 대치한다. 그들은 세계를 지배한다. 모스카 백작은 귀족계층을, 은행가 뢰방은 현금거래소를, 드 라몰 백작은 외교부를 마음대로 조정한다. 하지만 그들은 다같이 그들의 끈에서 춤추는 인형들을 좋아하지 않는다. 그들이 이런 인간들을 경멸하는 까닭은 인간들의 가련함을 너무나 상세히, 너무나 분명하게 알고 있기 때문이다. 아직도 그들은 아름다움과 영웅성에 대한 일말의 감정을 버리지는 못하지만, 그러나 그것은 사소한 감정일 따름이다. 그들이 지닌 모든 성취감은 모호하고 혼란한 동경, 아무것도 이루지 못하면서 영원히 꿈만 꾸는 청춘의 동경과 혼동되지는 않는 것이다. 냉철하고 영리한 귀족 안토니오가 젊은 혈기로 불타는 시인 타소와 비견되듯이, 이 현존하는 산문작가는 그의 젊은 라이벌들에 대하여 반쯤은 후견자처럼 또 반쯤은 적대자처럼, 반쯤은 경멸조의 냉소를 흘리면서도 또 반쯤은 질투심으로 대처한다. 정신이 감정에 대립된다면, 명석함은 꿈과 대립된다.

스탕달의 소설세계는 남성적 운명의 영원한 양극성, 미에 대한 치기 어린 동경과 현실적 힘에 대한 확고하고도 반어적인 초월의지 사이에서 선회한다. 수줍어하면서도 뜨거운 욕망을 가슴속에 감추고 있는 젊은이들에게 여인들이 접근한다. 여인들은 종소리를 내면서 그들의 피끓는 동경을 받아들이며, 그들 갈망의 성난 포효를 그들이 애호하는 음악을 들려줌으로써 진정시킨다. 여인들은 이 젊은이들의 감정을 순수하게 연소시키는 것이다. 마담 드레날, 마담 드샤스텔레르, 산세베리나 공작부인은 이렇게 부드럽고 열정적이면서도 고상한 스탕달의 여인상像이지만, 그럼에도 불구하고 이들의 신성한 헌신이 젊은 연인들이 지녔던 처음의 영적 순수함을 보존시키지는 못한다. 한 걸음 한 걸음 삶으로 발을 디디고 들어갈수록 이 젊은이들은 인간 공동체의 늪으로 깊숙이 빠져들기 때문이다.

스탕달은 진흙과 불덩이를 혼합하여 현실세계의 재판관, 변호사, 장관, 의장대 장교, 살롱의 재담꾼을 만들어 낸다. 각자가 오물처럼 찐득찐득 달라붙고 늘어져 있는 이 사소하기 짝이 없는 허풍선이의 영혼들을 주조해 낸다. 그러나 이는 얼마나 영원한 저주인가! 이 아무것도 아닌 자들이 일제히 도열하고 또 무수히 불어나, 지상에서 영원히 숭고한 것을 짓눌러 버리니 말이다. 이렇게 그의 서사적 문체 속에는 치유 불가능한 공상가의 비극적 암울함이 단도처럼 찌르는 환멸의 아이러니와 뒤섞여 있는 것이다. 그의 소설들에서 스탕달은 현실세계를 증오스럽게 그리는 만큼이나 이상적 상상의 세계

또한 타오르는 열정으로 묘사하였다. 그는 이런 영역뿐만 아니라 저런 영역, 정신과 감정으로 이루어진 이중세계 및 그것의 비밀을 대가다운 솜씨로 묘파했던 것이다.

그러나 바로 이런 점 때문에 그의 소설은 후기작품들이면서도 젊은 감정을 지니며, 사고의 깊이에서도 뛰어난 독특한 매력과 높은 수준을 부여받는다. 그도 그럴 것이 반어적 거리만이 모든 열정의 의미와 아름다움을 창조적으로 설명할 수 있기 때문이다.

"열정에 빠진 자는 열정을 받는 순간에는 다양한 색감을 구별하지 못한다."

다시 말해 감동을 받는 사람은 감동을 받는 순간의 느낌이 주는 명암을 자세히 알지 못한다. 스탕달은 그의 열광을 서정시적 또는 찬가의 형식으로 끝없이 밀고 나갈 수 있을 테지만, 그는 결코 그렇게 서술하지 않고 그것을 서사적으로 표현한다. 참다운 서사적 분석이란 항상 명료성, 차가운 피와 깨어 있는 오성, 이미 열정을 넘어서 있는 존재를 요구하는 것이다. 이렇게 해서 스탕달의 소설들은 내면과 외면을 동시적으로 소유한다. 여기서 한 예술가는 남성의 상승과 하강의 한계에 부딪치면서 감정을 '지혜롭게wissend' 표현한다. 그는 정열에 또 한번 강렬한 공감을 느끼지만, 그것을 이미 '이해하여verstehen' 내면으로부터 밀도화하고, 외부로부터는 제한할 능력을 갖춘다. 이런 것만이 실로 스탕달 소설에서 내적인 것, 새롭게 연주되는 열정의 내향성을 관찰할 수 있도록 하는 충동이자 가장 깊은 욕망인 것이다.

이에 반해 외부의 사건, 기술적으로 이루어지는 소설의 외형은 예술가에게는 사소한 것으로 간주되고, 그만큼 그것은 그때그때 즉흥적으로 손쉽게 이루어진다(그의 고백에 따르면 소설의 한 장章이 끝나면 다음에 어떤 일이 일어날지 자신도 전혀 알지 못했다는 것이다). 오로지 내적인 파문으로부터만 그의 작품들은 예술적 힘과 감동을 얻는다. 그의 작품들이 가장 아름답다고 여겨질 때는 그것이 영혼의 공감을 주는 순간이며, 가장 빼어나다고 여겨질 때는 스탕달 자신의 부끄럽게 감추어진 영혼이 그의 총아들의 말과 행위로 전위되거나, 또는 그 자신의 이중고 때문에 그의 인간들에게 고통을 주는 순간이다. 『파름의 수도원』에 나타나는 워털루 전쟁의 묘사는 이탈리아에서 보낸 청년기 전반에 대한 천재적 축약이다. 그 자신이 이탈리아로 간 것처럼, 그는 줼리앵을 나폴레옹의 전쟁터로 데려가 영웅적인 것을 발견하게 한다. 그러나 가면 갈수록 현실은 그에게서 이상적 표상들을 탈취한다. 덜그럭거리는 기병대 공격 대신에 현대전의 정신없는 뒤죽박죽을 도입하며, 나폴레옹 대군 대신에 막돼먹고 냉소적인 전쟁도당들을, 주인공 대신에 범인凡人, 즉 형형색색의 평상복을 차려입은 인간들을 찾아낸다. 그는 현실각성의 이 같은 순간들을 아주 교묘한 수법으로 보고한다. 우리가 살아가는 세속세계에서는 영혼의 황홀경도 세밀한 현실에 부딪혀 항상 깨어지는데, 그는 이 같은 세계상을 어느 예술가도 비견될 수 없을 만큼 온전한 내포성으로 표현한다. 인간을 본질체험으로부터 표현할 때만 그는 예술적 오성을 초월하는 예술가로서 존재하게 되는 것이다. "감정이 없을 때, 그는 재치도 없었다."

그럼에도 불구하고 기이한 점은 스탕달이라고 하는 소설가는 바로 이런 공감의 비밀을 어떤 수단으로든 감추고 싶어 한다는 사실이다. 그는 우연한 기회를 빌려, 그리고 결국은 반어적인 태도로 글을 대하는 독자가 이 상상력의 화신인 쥘리앵이나 뤼시앵, 파브리치오의 영혼 속에 얼마나 많은 그의 공감이 노출되어 있는가를 알아차린 데 대해 수치감을 느낀다. 이 때문에 스탕달은 그의 서사작품들에서 냉담한 체 가장하며, 그의 문체를 의도적으로 냉각시킨다. "나는 문체를 얻고자 전력을 기울인다." 애처로운 것보다는 차라리 딱딱하게 보이고, 열정적인 것보다는 예술성 없는 것이, 서정시보다는 논리학처럼 보이는 것이 나으리라! 스탕달은 그리하여 구토를 일으킬 정도로 씹고 되씹은 말을 세상에서 내뱉었다. 그는 건조하고 즉물적인 문체에 완전히 익숙해지기 위하여, 매일 아침 작업하기 직전에 민법책을 읽는다. 그렇다고 스탕달이 그런 건조한 문체를 그의 이상으로 생각한 것은 결코 아니었다.

진실로 그는 "논리에 대한 가장된 사랑," 명료함에 대한 열정을 가지고 표현의 배후에서 증발하는 것처럼 보이는, 눈에 띄지 않는 문체를 추구하였다.

"문체는 투명한 니스칠 같아서 그 밑에 있는 사

실, 색깔, 이념을 변질시켜서는 안 된다."

　말은 기교적인 미사여구, 이탈리아 오페라의 '장식음'을 지니면서 서정적으로 전개되어서는 안 되며, 오히려 대상의 배후에서 사라져야 한다. 그것은 잘 재단된 신사복처럼 유별남이 없어야 하고 영혼의 움직임만을 정확하고 명료하게 표현해야 한다. 명료함이야말로 스탕달에게는 특히 중요하기 때문이다. 그의 계몽적 투명성의 본능은 모든 모호함, 불투명성, 지나친 과장, 그리고 무엇보다도 장-자크 루소가 프랑스에 도입한 저 자기향락적 센티멘털리즘을 증오하는 것이다. 그는 가장 착종된 감정 속에서도 명료함과 진리를, 가장 암울한 감정의 미로에 떨어진 순간까지도 밝음을 추구하려 한다. '글쓰기'란 그에게 '해부하는 것,' 말하자면 복잡한 감정을 그것의 구성요소까지 해체하는 것, 병을 관찰하듯 정열을 임상학적으로 규명하는 것을 뜻한다. 자신의 깊이를 명확하게 재는 자만이 남성적으로 진지하게 그 깊이의 즐거움을 음미하는 법이고, 자신의 혼란을 관찰하는 자만이 자기감정의 아름다움을 인지하는 법이다. 그래서 스탕달은 아무리 자신이 망아의 감정 상태에 빠져 있을지라도, 깨어 있는 정신으로 숙고하려는 고대 페르시아인의 덕성을 기꺼이 실행하는 것이다. 그런 덕성에 세례받은 영혼을 가지고, 자신의 논리학과 동시에 그는 자기열정의 주인으로도 남아 있는 것이다.

자기감정을 인식한다는 것은, 지성을 통하여 열정의 본질을 규명하는 가운데, 그것의 비밀을 상승시킨다는 것과 같다. 이것이 작가 스탕달의 정형화된 공식으로, 이는 곧 그가 그의 영혼의 자식들, 그의 주인공들을 감각하는 방식과 정확히 일치한다. 그들 역시 맹목적 감정에 우롱당하기를 원치 않는다. 그들은 그런 감정을 지켜보고, 그것에 귀를 기울이고, 탐구하고 분석하고자 한다. 감정을 느끼는 것뿐만 아니라 그것을 '이해하려' 한다. 자신들의 감흥이 순수한가 불순한가, 그 배후에는 어떤 다른 것, 훨씬 더 심원한 감정이 가면을 쓰고 숨어 있는 것은 아닌가를 그들은 지속적으로 자신을 불신의 눈으로 살펴본다. 그들은 사랑을 하지만, 그런 중에도 항상 감정의 비등점을 차단하면서 그들을 누르는 기압골의 측정계를 면밀히 검사한다. 그들은 끊임없이 자신에게 물음을 던진다.

"내가 그녀를 벌써 사랑하고 있단 말인가? 나는 아직도 그녀를 사랑하고 있는가? 나의 경향은 순수한가 또는 불순한가? 아니면 그녀에게 말재주나 부리면서 무엇인가 가장하고 있는 것인가?"

지속적으로 그들은 피끓는 맥박에 손을 대 보고, 단 한 박자라도 뜨거운 혈액순환이 흥분을 멈추면 그 즉시 이를 알아차린다. 따라서 사건이 제아무리

격류처럼 빠르게 진행될 때도, "그는 생각했고" "그는 속으로 중얼거렸다"라고 하는 영원한 두 마디 어구가 서술의 긴박한 흐름을 끊어 버린다. 근육이 팽창하고 신경이 곤두설 때면 그들은 항상 물리학자나 관상학자처럼 이지적 해석을 내리려고 노력한다.

여기서 스탕달이 처녀성을 바치는 뜨거운 순간을 서술할 때조차도 얼마나 명석하고 또 얼마나 통찰력 있는 태도로 그의 인물들을 지켜보는지를 논증하기 위하여 『적과 흑』에 나오는 저 유명한 애정장면의 묘사를 예로 들어 보겠다. 쥘리앵은 그의 삶을 걸고, 감히 밤 한 시에 모친 방의 열린 창 옆에 있는 사다리로 처녀 드 라몰의 방으로 침입한다. 여기까지는 낭만적 감성에 의해 고안된, 갈망이 짙게 밴 계획된 행동이다. 그러나 열정이 고조된 순간에 그 둘은 갑자기 냉정을 되찾는다.

"쥘리앵은 몹시 당황했다. 그는 자신이 어떤 짓을 하고 있는지 알지 못했고, 사랑 또한 전혀 느끼지 못했다. 당황해 하면서도 그는 대담해야 한다고 생각되어 그녀를 끌어안으려고 하였다. 그녀는 '안 돼요'라고 말하면서 그를 거세게 밀쳐 냈다. 그녀로부터 거부당하자 그는 마음이 놓였고, 허겁지겁 옷을 걸쳐 입었다."

이처럼 스탕달의 주인공들은 가장 방종한 모험의 와중에서도 지적 의식을 소유하고 있으며, 또 차갑게 깨어 있는 것이다. 이 장면을 계속 따라가 보면, 흥분의 한가운데서도 깊은 숙고 뒤에야 결국 고집스러운 소녀가 자기 부친의 비서에게 몸을 허락하게 되는 경로를 읽을 수 있을 것이다.

"그를 너라고 부르는 것이 마틸드에게는 몹시 힘들었다. 그런데 마침내 그녀가 덤덤하게 너라고 부르며 친근함을 표현했을 때, 쥘리앵은 왠지 흡족한 기분이 아니었다. 아직도 행복을 느낄 수 없었다는 것은 놀라운 자기확증이었다. 마침내 이 감정을 함께 나누기 위해서라도 그는 좀 더 신중한 숙고가 필요했다. 그리고 이런 숙고의 과정이 없었던들 그를 무조건 좋아하지만은 않았을 한 소녀의 호의를 깨닫는 가운데 그는 자신을 발견했다. 이 숙고 덕분으로 그는 욕망의 공허함을 뛰어넘는 행복을 창조했다."

바로 '숙고' 덕분에, 완전히 덤덤하고 뜨거운 열광이 배제된 '확증' 덕분에, 이 골수의 에로티커는 낭만적 애인을 유혹하였다. 소녀는 나중에 다시 한번 이렇게 중얼거린다. "그이와 상의해야지. 사랑하는 사람과 상의하는 건 당연한 거야." 과연 여성이란 이런 기분이 들 때마다 해방되었던 것일까? 이에 대해서는 셰익스피어에게나 물어보아야 하리라.

일찍이 스탕달 앞의 어느 작가도 유혹의 순간에 이처럼 냉정한 감각으로 인간들로 하여금 자신을 절제하고 스스로를 헤아리도록 만들기는 어려웠을 것이다. 어느 누가 과연 스탕달의 온갖 성격처럼 정묘한 인간들을 창조할 수 있었겠는가? 하지만 여기서 우리는 이미 그의 심리적 서사예술의 가장 본질적 기법, 열기 자체를 더욱 가열시켜 분해하고, 감정을 자극하여 마디마디 쪼개는 기법에 접근해 있다. 스탕달은 결코 감정을 한꺼번에 관찰하는 것이 아니라 항상 그것의 개별성 속에서 관찰한다. 그는 돋보기를 통하여, 심지어는 시간의 돋보기를 통하여 감정의 결정체를 추적한다. 그의 천재적 분석정신은 사실공간에서 맹렬히 진동하며 움직이는 것만을 미분법을 사용하여 수많은 입자들로 분해한다. 그는 치밀한 수법을 사용하여 우리들 눈앞에서 영적 운동의 속도를 지연시키며, 그럼으로써 그 운동이 우리에게 정신적으로 한층 더 명료해지

도록 만든다. 그러므로 스탕달의 소설 행위는 세속
적 시간 속에서 이루어지는 것이 아니라 완전히 영
적인 시간 속에서(이것이야말로 그의 새로움이 아닐 수 없
다!) 이루어진다. 그와 더불어 서사예술은 최초로
(이런 발전을 예감이라도 하듯이) 무의식적 기능 행위의
새로운 개명開明이라는 전환점을 맞이하게 되는 것
이다.

『적과 흑』은 뒤에 가서 문학의 영혼학과 종국적
으로 유대를 맺는 '실험소설roman expérimental'로의
도정을 개척하였다. 스탕달 소설의 여러 등장인물
들을 보면 실로 실험실에서의 진지함이나 교실에
서의 차가움을 연상하게 된다. 그럼에도 불구하고
스탕달에게 나타나는 열정적인 예술광은 발작처
럼 창조적이면서도 논리적인 것에 집착하고, 명료
함을 광적으로 추구하며, 영혼의 해맑음을 찾고자
열망한다. 그가 수행하는 세계형상화는 영혼의 본
질을 파악하기 위한 우회로일 뿐이다. 그의 뜨거운

호기심은 도취에 빠져 있는 세속의 골짜기에서 인류만을 포박하지만, 거기에는 항상 유일한 인간, 깊이를 알 수 없는 인간, 스탕달만의 소우주가 펼쳐 있다. 이 유일한 인간을 탐구하기 위해서 그는 시인이 되었고, 그는 형상화하기 위하여 형성자가 되었다. 물론 천재성을 통하여 가장 완벽한 예술가가 되었지만, 그럼에도 불구하고 스탕달은 예술에만 헌신하지는 않았다. 그는 영혼의 비약을 측정하고 이를 음악으로 변전시키기 위해서 가장 섬세하고 정신적으로 풍부한 도구인 예술을 사용하는 것이다. 결코 예술은 그에게 목적지가 아니었다. 예술은 그의 유일하고 영원한 목적지, 즉 자아의 발견과 자기 인식욕에 도달하기 위한 도정일 뿐이었다.

심리주의

나의 진정한 정열은 알고 느끼는 것이다.
이런 정열은 한 번도 충족되지 않았다.

어느 점잖은 시민이 언젠가 사교계에서 스탕달에게 다가와, 공손하고 예의바른 태도로 이 낯선 신사의 직업을 묻는다. 당장에 그의 냉소하는 입가에는 악의가 가득 번지고, 조그마한 눈에는 오만방자한 불꽃이 튀긴다. 조금은 상대를 조롱하는 듯 겸양을 떨면서 그는 이렇게 대답한다. "나는 인간 감정의 관찰자라오." 이는 물론 비아냥거리는 즐거움을 만끽하고자 그의 태도에 당황한 신사에게 허세로 불쑥 던지는 반어법이지만, 그럼에도 불구하고 이 유쾌한 변장놀이에는 상당한 솔직함이 섞여 있다. 그도 그럴 것이 영혼의 사실을 관찰하는 것만큼 전 생애를 걸고 그가 계획적으로 추진한 일은 진실로 없기 때문이다.

스탕달은 몇몇 인물들처럼, 마법적 심리학자의 관능, 즉 "심리적 관능voluptas psychologica"을 알고 있었고, 또한 지긋지긋할 정도의 영적 인간이 지닌 이 같은 향락욕에 빠져 있었다. 그러나 감정의 비밀에 대한 그의 세련된 도취는 얼마나 능란하고 산뜻하며, 또 그의 심리예술은 얼마나 열정적인가! 영민한 신경, 신통력 있는 감각이 발동되면, 호기심은 촉수를 내밀고 생동하는 사물들의 달콤한 영액을 탐미하면서 빨아들이는 것이다. 이 탄력적인 지성은 어떤 것을 낚아채려고 힘주어 손을 뻗을 필요가 없으며, 현상들을 강압적으로 압착하거나 이를 어떤 체계의 강요된 틀로 정렬하기 위하여 결코 그 매듭을 자르지 않는다. 스탕달의 분석에는 불시에 찾아오는 발견의 놀라움과 행운, 우연적 만남의 신선함과 기쁨이 스며 있다. 그의 남성적이고 기품 있는 사기놀음은 거만하기 짝이 없어서 인식한 것들을 뒤늦게 인정하는 데 진땀을 흘리며, 이를 추적하기 위하여 논증의 고삐를 한치도 늦추지 않는다. 그는 사실을 정밀하게 분해하여 그 내장을 남김없이 파헤치는 자들의 몰취미한 작품을 증오한다. 미적 가치에 대한 그의 섬세한 감각과 예리한 감정의 손끝은 한 번도 야만적 욕망의 칼자루를 필요로 하지 않는다. 사물의 향기, 그 정수의 이리저리 떠다니는 분위기, 에테르처럼 가벼운 정신적 발산은 이 미식가에게 이미 사물이 지닌 완벽한 의미와 내적 본질을 드러낸다. 그리하여 그는 아주 사소한 사물의 움직임으로부터 하나의 감정을, 일화로부터 이야기를, 아포리즘으로부터 인간을 인식한다.

그에게는 이미 가장 사라져 버리기 쉬운 것, 거의 포착할 수 없는 미세함, 축약, 생명력 있는 직감 등이 풍부하며, 바로 이 '미시적 관찰들'이 심리학에서 결정적인 것들임을 그는 알고 있다. 이미 은행가 뢰방은 "세부묘사 속에만 개성과 진실이 있다"고 말하는 것이다. 스탕달 자신도 "세밀함을 사랑하고, 이를 당연시하는" 시대의 방법을 높이 평가하면서 다음 세기를 앞서 예견하고 있다. 앞으로는 더 이상 공허하고 무겁고 얼기설기 짜인 가설로서의 심리학이 전개되는 것이 아니라, 세포와 박테리아 분자의 진리를 근거로 육체를 설명하는 시대, 세세한 것에도 촉각을 기울이고 육체의 진동과 신경의 전율에 주의를 기울임으로써 영혼의 내포성이 계측되는 시대를 예고하는 것이다. 칸트의 후배들, 셸링이나 헤겔, 그 밖의 많은 학자들이 그들의 강단에서 아직도 요술 부리듯 교수 모자를 흔들면서 전 세계를 주물럭거리는 똑같은 시간에, 이 고독한 인간은 방자한 철학자의 대전함大戰艦 시대, 거대한 체계의 시대가 끝나 버렸고, 잠수함처럼 물 밑을 살그머니 기어다니는 세부관찰의 어뢰만이 정신의 바다를 지배한다는 것을 이미 알고 있는 것이다. 그러나 편협한 전문가들과 고루한 시인들 틈에서도 그는 얼마나 고독하게 이 영민한 예언을 실행해 나갔는가!

참으로 그는 홀로 서서 그 모든 자들, 완고하고 학문에만 종사하는 영혼의 탐구자들을 앞지른다. 그가 그들을 앞지를 수 있는 까닭은 교양으로 꾸려진 가설들을 전혀 등에 짊어지고 있지 않기 때문이다. "나는 비난도 수긍도 하지 않고 관찰할 뿐이다." ― 인식은 유희하듯이, 또는 운동하듯이 수행되는바, 이는 오직 자기 자신만을 알게 되는 즐거움에 기인하리라! 그의 정신의 형제 노발리스가 문학적 의미를 통하여 모든 철학을 능가하듯이, 그는 인식의 '꽃가루'만을 사랑하는 것이다. 스탕달은 이 우연히 흩날려 들어오면서도 모든 유기적인 것의 가장 내적인 의미로부터 침투된 양극성을 사랑한다. 뿌리에서 뻗어 나온 체계들은 이 양극성을 모태로 하여 전개된다. 그의 관찰은 항상 사소한 것, 미시적으로만 지각될 수 있는 변화, 감정이 최초로 결정화結晶化되는 찰나로 제한된다. 그럴 때에만 그는 스콜라철학자가 오만하게 세계의 수수께끼라 칭하는 육체와 영혼의 결합을 삶에서 진지하게 감지한다. 바로 지각의 최소화 속에 그는 진리의 극대화가 존재함을 알아차리는 것이다. 그렇기에 그의 심리학은 무엇보다 사유의 세공술, 소품기예, 미세함을 다루는 유희처럼 보인다. 하지만 그는 가장 미세하고 정확한 지각이 어떤 이론보다도 감정의 충동세계에 훨씬 더 의미심장한 통찰력을 부여한다는 충격적인(올바른) 사실을 입증한다. "감정은 느끼기보다는 이해해야 한다." 영혼의 과학은 이 우연히 튀어나온 지각 이외의 다른 어떤 확실한 통로도 있을 수 없다. "감정만이 진실한 것"이어서 "평생에 걸쳐 다섯 내지 일곱 개의 이념을 주의 깊게 관찰하는 것으로 충분하다." 이미 법칙들 — 그러나 결코 억압적이 아니라 개인적일 따름인 법칙들, 개념적으로 파악될 수 있거나 단지 예감 가능하며 모든 순수 심리학의 욕망과 열정을 의미하는 하나의 질서가 예시되는 것이다.

이와 같이 세심하고 유용한 관찰로부터 스탕달은 이루 헤아릴 수 없이 많은 것, 한 치도 빈틈없고 일회적인 발견들을 창출해 내었다. 그 가운데 여러 개는 그때부터 모든 예술적 영혼분석의 공식이나 기본원리가 되었을 정도였다. 그러나 스탕달은 이 기초들 자체를 결코 유용화하지 않는다. 그의 눈에 순간적으로 포착된 이념들을 종이에 적어 놓기가 번거로운 것으로, 그만큼 그는 이를 정리하거나 체계화하는 법이 거의 없다. 그의 편지들과 일기·소설들을 보게 되면, 이 힘차게 작용하는 핵심적 내용들은 여기저기 산재해 있고, 따라서 발견의 즐거움이란 그저 우연일 뿐이라는 것을 우리는 알 수 있다. 그의 심리적 작품 전체는 120줄 내지 길어야 200줄가량의 짧은 글 또는 소설의 일부분 정도로 요약된다. 그는 단지 몇 가지를 한데 묶는 수고도 행하는 법이 드물지만, 더구나 이를 현실적 질서, 완결된 이론으로 만들기 위해 더덕더덕 회반죽하는 일은 결코 없는 것이다. 두 개의 책표지 사이에서 그가 우리에게 제시하는 열정론, 저 사랑에 관한 단일 주제는 단편들, 문장, 일화들로 구성된 혼합체이다. 그는 이 책을 "사랑"이라 칭하지 않고 "연애론"이라고 조심스럽게 칭한다. 물론 번역하기에 따라서는 '사랑에 관한 몇 가지 분류Einiges über die Liebe'라고 하는 편이 더 나을지도 모른다. 하지만 여기에도 기껏해야 몇 가지 근본차이만이, 말하자면 자유로운 굴절이 있는 것으로, 예컨대 사랑 ― 열정, 정열에서 우러난 사랑, 육체적 사랑, 감각적 사랑 등의 차이가 그것이다. 그렇지 않다면 그는 사랑의 형성과 과정에 관한 성급한 이론을 개관하고 있다고도 하겠다.

그럼에도 불구하고 그는 실제로 연필로만 아무렇게나 적어 놓는다(정말 이 책은 그가 자필로 썼던 것이다). 게다가 모든 것이 암시와 추측, 재미난 일화들로 잡담하듯 써 내려가는 무책임한 가설들에 제한된다. 그럴 수밖에 없는 것이 스탕달은 사색가라든가 철저한 사상가, 타인을 위한 사유자이기를 결코 원치 않았던 것이다. 그는 우연히 발견한 사실을 계속해서 추적하고자 애쓰는 법이 없다. 유럽의 이 한가로운 '여행자'는 깊은 숙고와 사유 운동, 사유 형성의 딱딱한 노고를 유유자적한 태도로 자기 영혼에 맡겨두거나, 아옹다옹 싸우는 수레꾼들과 편집광들에게 이를 무심히 양보한다. 사랑의 결정화結晶化라는 그의 유명한 이론으로부터 나온 것이 바로 수십 권의 소설들로서, 여기서 감정의 의식화는 순식간에 투명한 수정을 만들어 내는 광천수 용액 안에 소금물로 절여진 광맥, 저 '잘츠부르크 광맥'과 비교된다. 한편 이폴리트 텐은 종족과 환경이 예술가에게 미치는 영향에 대해 급히 써 내려간 그의 비망록에서 두툼하고 짜릿한 가설 하나를 차용하였다. 스탕달 자신은 그러나 힘들여 일하는 작업자가 아니라 천재적 재능의 즉흥적 인간이었다. 심리학을 계기로 사용하되, 그것은 철저히 단편과 아포리즘에 국한될 뿐이다. 스탕달은 이런 면에서 그의 프랑스의 선배작가 파스칼, 샹포르, 라로슈푸코, 보브나르그의 제자인 셈이다. 이들 역시도 모든 진리의 너풀거리는 본질을 심정적으로 존중하였기에 자신들의 통찰을 한데 묶어 어떤 묵직한 진리, 널찍한 자리에 거하는 진리를 결코 논하지 아니했다. 그가 자신에 대해 인식하는 방식은 완전히 임의적이고 그것이 인간을 편리하게 할 것인지 아닌지, 또는 그것이 현세에나 백여 년이 경과한 뒤에 참된 것으로 통용될지에는 무관심하다. 더욱이 과거의 어느 누가 이미 자신보다 앞서 그런 인식을 선행하였든, 아니면 다른 사람들이 그것을 답습하였든 그는 개의치 않는다. 그는 편안하게 생각하고 관찰하며, 호흡하듯 자연스럽게 말하고 글을 쓴다. 동행자를 찾는 일은 이 자유사상가의 본령도 근심거리도 아니다. 관조하되 한층 더 깊이 관조하고, 사색하되 한층 더 명료하게 사색하는 것, 그것이면 족히 행복한 것이다.

니체처럼 그는 사상의 결단력을 지니고 있을 뿐만 아니라 참으로 미혹적인 무도함까지도 지니고 있다. 그는 강렬하고 안하무인이어서 진리와 도박하거나 거의 육욕적인 태도로 인식을 사랑하는 것이다. 과도한 삶의 감정으로 팽배해 있는 그의 정신은 부글부글 끓어서 방울을 만들고, 포말처럼 공허하고 가볍게 떠오른다. 그럼에도 불구하고 이런 거품의 정화인 경구들 하나하나는 항상 그의 영혼의 풍요로움에서 흘러나오는 이슬방울과도 같아서 사방으로 간간이 영롱한 색깔을 번뜩이며 내던진다. 스탕달 본연의 충만함은 그러나 늘 내부에, 죽음이 찾아와서야 비로소 깨어져 버린, 정성 들여 빚은 유리잔 속에, 차갑고도 동시에 뜨거운 상태로 보존되어 있는 것이다. 물론 그의 내부로부터 터져 나온 방울들은 정신적인 것의 밝고 산뜻한 마력을 소유한다. 그것은 훌륭한 샴페인처럼 태만한 심장의 박동을 뒤흔들어 삶의 무딘 감정을 일깨운다.

그의 심리학은 잘 정련된 뇌수의 기하학이 아니라 현존재의 집중화된 정수이다. 그것이 그의 진리들을 참답게 만들고, 그의 통찰을 명료하게, 그의 인식을 세계보편적으로 만들며, 무엇보다 일회성과 지속성을 동시화한다 — 누군가가 아무리 부지런하게 사고한다 해도 탁월한 인간의 무심한 사고의 결단력만큼 완벽하게 의미를 포착한 적이 일찍이 없는 것이다. 이념과 이론들은 호메로스의 서사시에 나오는 저승신 하데스의 그림자처럼 항상 제 멋대로 움직이는 도식자들이자 형상 없는 반사광에 불과하다. 이념과 이론이란 인간의 피를 마시고 나서야 비로소 목소리와 형상을 얻는 것이며, 그제서야 인간을 위해 얘기할 능력을 갖추게 마련이다.

자기표현

내가 누구였던가? 지금의 나는 누구인가?
이런 말을 하기엔 참으로 난처하다.

스탕달은 정말 대가다운 솜씨로 자기를 표현하기 위하여 오직 자기 자신이라는 스승만을 두고 있었다. 그는 언젠가 이렇게 말한다.

"인간을 알기 위해서는 자기 자신만을 연구하는 것으로 충분하다. 그런데 사람들을 알기 위해서는 그들을 실제로 겪어 보아야 한다."

여기에다 즉시 덧붙여 말하기를, 그가 인간들을 알게 된 것은 책을 통해서이고, 그 밖의 모든 연구를 오로지 자기 자신에 대해 바쳤노라는 것이다. 따라서 스탕달의 심리학은 언제나 자기 자신에게서 출발하여, 자기 자신을 목적지로 하여 되돌아온다. 하지만 한 개체를 찾아가는 우회로 속에 인간적인 것의 영적 과정 전체가 포괄되어 있는 것이다.

스탕달은 자기관찰의 최초 학습기를 어린 시절에 경험한다. 일찍이 열정적으로 사랑한 어머니를 여의고 그는 자기 주변으로부터 적대적이고 이질적인 면만을 바라본다. 그는 그의 영혼을 부정하고, 그것을 아무도 알지 못하도록 위장한다. 일찌감치 그는 이 변장술을 지속적으로 사용하여 거짓 말하는 "노예의 기술"을 터득한다. 방구석에 쭈그려앉은 채 그는 격분의 세월을 모든 핍박자와 지배자, 예컨대 아버지와 아주머니, 선생 등의 말을 엿듣는 데 보낸다. 증오심에 사로잡힌 그의 눈초리는 분노를 삼키며 이글거린다. 그는 실제적이고 체계적인 연구도 하기 전에 심리학에 정통해 있는데, 이는 긴급한 자기방어, 오해된 존재의 강박 때문이다.

이렇게 위험하게 형성되는 두 번째 학습 과정은 더 오래, 아니 본질적으로는 일생을 두고 계속된다. 여기서는 사랑, 여인들이 그의 상급학교인 것이다. 우리는 진작부터 스탕달이 애정에 관한 한 영웅도 정복자도 아니요, 그가 즐겨 가장해 왔던 돈 후안 또한 절대로 아니라는 사실을 —그 자신은 부인하는 멜랑콜리를— 알고 있다. 소설가이자 역사학자 메리메Prosper Mérimée가 보고하듯이 스탕달은 사랑에 빠져 버린 것처럼 보였으나, 애처롭게도 그는 항상 불운한 사랑에 빠져 있었다. 스탕달 역시 이렇게 말한다. "나의 일반적 태도는 불행한 애인의 그것이다." 그는 사랑함에 있어 불행했노라고백할 뿐만 아니라 심지어 "나폴레옹 군대의 장교들 가운데 나처럼 여인을 소유하지 못한 장교는 몇 안 되었으리라"고 말하는 것이다. 그는 건장한 아버지의 혈통을 물려받은 동시에, 뜨거운 기질의 어머니로부터는 매우 충동적인 관능, '불같은 성품'을 물려받았다. 그런데 그가 어떤 사람이 자신에게 '관능적'인가 하나하나를 침착하게 살펴보는 기질이라고는 하지만, 평생 동안 그는 상당히 비극적인 모습을 한 사랑의 기사로 머물러 있었다. 이 전형적 전회前回의 향락자는 애정관계와는 상관없는 자기 집 책상에서 성적 전략을 짜는 데는 탁월한 것이다(그녀로부터 멀리 떨어져 있을 때는 대담해지고 과감할 것이라고 그는 호언장담한다). 일기를 보면 그가 언제 이 아름다운 여신을 포획할 것인가 하는 것이 아주 꼼꼼하게 날짜까지 적혀 있다("이틀이면 그녀를 소유할 수 있었다"). 하지만 그는 그녀의 근처에도 거의 가지 못한다. 카사노바 지망생은 당장에 수줍어 어쩔 줄 모르는 철부지 생도로 변하고 만다.

그가 스스로 고백하듯이 최초의 폭풍은 한결같이 이미 몸을 허락한 여인 앞에서의 남성의 내밀한 수치심으로 끝난다. 그의 정욕이 활발할 때쯤이면 그는 "수줍고 멍청해지며," 여인에게 부드러워야 할 때면 그는 냉소적이 된다. 적극적으로 공격해야 할 순간에 감상적이 되는 것이다. 단적으로 말하자면 지나치게 계산하고 치밀하게 생각하여 가장 좋은 기회를 놓치고 있는 것이며, 기회를 잃은 다음에는 다시 허둥지둥하거나 불안에 사로잡히고, 또는 감상적이 되는 것처럼 보인다거나 아예 "바보가 되어" 버린다. 이렇게 적기를 맞추지 못하는 낭만주의자 스탕달은 그제서야 자신의 상심을 "가볍게 옷자락 밑으로," 저 시끄럽고 험악하며 무뚝뚝해 보이는 기마병 외투 아래로 슬그머니 감추는 것이다. 그리하여 여성에 대한 '실패'는 그의 삶의 비밀스러운 좌절이자 결국은 그의 친구들이 신나게 떠들어 대는 패배담이 되고 있다. 철저한 사랑의 승리만큼 스탕달이 일생을 살아가면서 갈구한 것은 없을 것이다("사랑은 내게 언제나 가장 큰 사건, 아니 유일한 사건이었다"). 철학자든 시인이든, 나폴레옹이든 부러울 것이 없지만, 무수한 여인을 소유했던 가뇽 아저씨나 그의 사촌인 다뤼 장군에 대해서는 진정한 경애심마저 드러낸다. 이에 대해 정신적 또는 심리적 예술관점을 적용할 수는 없겠으나, 아마도 그 까닭은 누구라도 스스로가 지나치리만큼 감정에 몰두하는 것처럼 보일 때에야 여인에게서 긍정적인 결실을 얻는 데 전혀 지장이 없을 것이라는 점을 스탕달이 점차 인식하고 있기 때문일 것이다. "여인들을 소유하려고 노력하느니보다는 오히려 당구 한 판을 이기려고 노력할 때에만 여인들에게서 결실을 얻는 법이다." 그는 결국 다음과 같이 자신을 타이른다. "나는 난봉꾼의 재간을 갖기에는 너무나 예민하다." 어떤 문제에 대해서도 스탕달은 집요하고 심각하게 숙고하지 않았다. 그리고 성적

인 것으로부터 발생하는 바로 이 예민하고 불신임
적인 자기해부 덕분에 그는(그와 더불어 우리들 역시)
감정의 가장 섬세한 섬유질 내부를 완벽하게 꿰뚫
어 보게 되는 것이다.

그렇지만 스탕달이 보여 주는 이 같은 체계적인
자기관찰이 아주 일찍 자기표현으로 나타나는 데
는 또 하나의 특별한 이유, 지극히 기이한 이유가
있다. 그는 좋지 않은 기억력의 소유자인 것이다
— 아니 더 정확히 말하면 매우 고집스럽고 편향
적인, 어쨌든 신뢰할 수 없는 기억력을 지니고 있
으며, 그래서 그는 손에서 연필을 놓지 않는다. 요
컨대 스탕달은 끊임없이 필기하고 필기하는 것이
다. 그는 읽는 책 가장자리, 빈 종이, 편지, 특히 일
기장에다 생각나는 대로 적어 놓는다. 중요한 체험
들을 망각하고, 그의 삶의 일관성이 중단될지도 모
른다는 두려움이 작용하여서 그는 매 순간의 감흥
및 사건을 항상 문자로 고정시킨다. 예컨대 퀴리알

백작부인의 편지, 그야말로 감동적이고 눈물에 젖어 찢겨진 연애편지에다는 기록원이 냉철하고 정밀하게 기록하듯 그들의 관계가 언제 시작되어 언제 끝났는가를 알려 주는 날짜, 그 밖에도 이탈리아 여인 안젤라 피에트라그루아를 며칠 몇 시에 드디어 정복했는가 하는 것까지도 그는 적어 놓는다. 가끔씩 우리는 그가 손에 펜대를 쥐어야 비로소 생각하기 시작하는 것이 아닌가 하는 인상마저 받는다. 그의 이 민감한 기록광 때문에 우리는 그 모든 문학적 표명이라든가 서한, 일화들로 이루어진 서적 60 내지 70권의 자기표현을 접하는 것이다(오늘날까지도 거의 절반가량은 출간되지 않고 있다). 그런데 이는 허영심이나 과시하고 싶어하는 고백욕에서 나오는 것이 아니라, 이기주의적 불안에서 비롯된 것이다. 스탕달은 다시는 얻을 수 없는 저 실체의 한 방울조차도 그의 기억 속에서 누수되지 않도록 배려하였다. 정말이지 그의 자서전은 우리에게 그의 완벽한 모습 그대로를 보여 주는 것이다.

기억력의 이러한 특이성을 가지고 스탕달은 자신에게 속한 모든 것을 명석하게 분석한다. 우선 그는 그의 회상능력이 철저히 이기적이라는 것을 입증한다. "나는 관심 없는 것에는 전혀 기억력을 발휘하지 못한다." 그는 영혼 외적인 것, 숫자라든가 날짜, 어떤 사실, 장소 등을 거의 외우지 못하며, 가장 중요한 역사적 사건들 중에도 개별 사건은 모조리 까먹는다. 여인들 또는 친구들의 경우에도(바이런과 로시니의 경우조차도), 언제 그들을 만났던가 알지 못한다. 그런데도 그는 자신의 결함을 부인하려는 것이 아니라 그것을 주저하지 않고 인정한다. "나는 오직 내 감정에 대해서만 진실성을 입증한다." 일단 느낌이 적중했을 때만 스탕달은 사물의 진실성에 대해 확신한다. 그는 그의 어느 작품 중에서 강한 어조로 다음과 같이 항변한다.

"그가 갈망하는 것은 결코 사물의 실재를 묘사하는 데 있는 것이 아니라 사물이 그에게 남겨 놓은 인상만을 묘사하는 데 있다."

분명히 입증될 수 있는 것은 스탕달에게 사건 자체, 사물 자체는 전혀 실존하는 것이 아니고 그것이 영혼의 감흥 속에서 작용할 때만 실존한다는 점이다. 그렇지만 이 한쪽으로 완전히 기울어진 스탕달의 감정 기억능력은 어느 누구도 비견될 수 없을 만큼 날카롭게 작동한다. 그는 전에 나폴레옹과 담소한 적이 있는지 전혀 기억하지 못하며, 자신이 생 베르나르 대성당 너머로 지나간 일을 실제로 회상하고 있는지 아니면 동판화를 생각해 낸 것인지조차 알지 못한다. 그런데도 스탕달이라는 동일인물은 한 여인에게서 일단 내적으로 자극을 받게 되면 그녀의 가벼운 몸짓, 억양, 움직임을 또렷하게 기억해 내는 것이다. 감정이 관심 없이 머물러 있는 곳이면 어디서든, 미동 없이 정지해 있는 검은 안개층이 10여 년 넘게라도 종종 무겁게 서려 있다 ― 그런데 더욱 기이한 것은 감정이 다시 참을 수 없도록 격렬하게 치솟을 때에도, 스탕달의 회상 능력은 마찬가지로 소멸된다는 점이다. 수없이, 그리고 바로 그의 삶에 있어 가장 긴장된 순간을 맞이해서도(이를테면 알프스 등정이나 파리 여행, 여인과의 첫날밤을 묘사할 때에도), 그는 "느낌이 너무 강해서 전혀 기억이 없다"는 말만을 거듭 주장한다. 실로 밀폐된 감정 영역 밖에서의 스탕달의 기억력이라는 것은(이와 관련된 예술성 또한) 조금도 내세울 여지가 없는 것이다. "나는 인간적 회화만을 포착한다. 그 밖의 분야에서 나는 무지하다."

스탕달에게는 오직 영적으로 강조된 인상들만이 망각증세를 극복하는 것이며, 따라서 이 지독한 이기주의자가 자서전적으로 세계를 입증하는 자가 될 리는 만무하다. 왜냐하면 그는 반추하여 느끼되, 도대체가 반추하여 사고하지는 않는 까닭이다. 그는 영적 반성에 대한 우회로에서 —직접적이 아니라— 삶의 실제적 과정을 재구성한다. "그는 자기 삶을 창조한다." 발견하는 대신에 창조하고, 감정의 회상으로부터 사실을 시화詩化한다. 그렇기에 소설적인 것은 자서전적인 것과 일치하고, 자서전적인 것은 그의 소설과 일치한다. 그에게서 괴테 같은 시인이 『시와 진실』에서 보여 준 자기세계의 포괄적 표현을 기대하기란 거의 불가능하다. 스탕달은 자서전적 작가 중에서도 당연히 단편작가, 인상주의자임에 틀림없다. 실제로 그는 여행에서 얻은 갖가지 우연한 인상, 으레 자기가 사용하기 위해 임의로 결정한 수십 년간의 일기에 의거해서만 자화상을 만들기 시작한다. 먼저 사소한 감흥들이라도 그것이 뜨겁기만 하다면 글로 기록하고 포착한다. 손에서 그 감흥들이 포획된 새의 심장처럼 불안하게 박동하면 그리하는 것이다! 그는 그 감흥들을 날아가지 못하도록 꼭 움켜쥐지만, 그렇다고 사방으로 밀치면서 흘러가는 이 불안한 물결, 기억이라는 것을 신임하는 것은 결코 아니다! 사소한 일, 알록달록 커다란 궤짝에 쌓여 들어가는 감각의 순수한 장난감을 부끄러워하지 않는다. 어른이 그의 사라진 감정의 호기심과 소박한 것에 그리 쉽게 동화되리라고는 어느 누구도 짐작하지 못하리라. 고로 어린애로 하여금 감정의 이 미세한 순간적 형상들을 꼼꼼하게 주워 담아 보관토록 하는 것이 바로 천재적 본능이다. 성숙한 남성이자 박식한 심리학자, 빼어난 예술가 스탕달은 이를 먼 훗날 감사하는 마음과 동시에 능숙한 솜씨로 청춘의 이야기라는 거대한 유화 속에 질서정연하게 담게 되는 것이다. 그것이 뒤에 자신의 어린 시절을 경이롭고 낭만적인 시각으로 형상화한 『앙리 브륄라르』라는 자서전적 소설인 것이다.

그도 그럴 것이 스탕달은 그의 소설들이 그렇듯

이 느지막한 나이에 들어서야 그의 청춘기의 정신적 형성을 의식적이고 자서전적인 작품에서 구성하려고 하기 때문이다. 이를테면 로마 몬토리오의 성 베드로 성당 계단에 어느 늙수그레한 남자가 앉아서 지나간 인생을 곰곰이 회상한다. 몇 달만 더 지나면 그는 50세가 되는 것이다. 청춘은 하염없이 지나가고, 여인이며 사랑 또한 돌아오지 않는다. 이제야말로 "내가 누구였고, 어떤 인간으로 살아왔던가"를 물어볼 시간이 도래한 것이리라. 세월이 흘러가 버린 이 시점에서 심장은 다시금 도약과 모험을 위하여 민첩하고 강렬하게 되기에는 노쇠하였다. 이미 긴 여정의 결론을 끌어내고, 과거를 되돌아볼 순간에 와 있는 것이다. 그런데 저녁때, 대사 집 모임을 끝내고 무료하게 귀가하는 도중에 ― 무료한 까닭은 더 이상 어떤 여인도 정복하지 못하고, 또 쓸데없는 대화에도 지쳤기 때문인데, 불현듯 스탕달은 이런 결심을 하게 된다.

"나는 내 삶을 글로 쓰리라! 그것이 2년 내지 3년 내에 끝나게 되면, 내가 어떻게 살아왔는가를 마침내 알게 되리라. 유쾌했는가 우울했는가, 현명했는가 멍청했는가, 용감했는가 비겁했는가를. 그리고 무엇보다 내가 행복한 인간이었는가 아니면 불행한 인간이었는가를 알게 되리라."

이는 참으로 가볍게 주어진 시도이면서, 동시에 혹독한 과제인 것이다! 그도 그럴 것이 스탕달은 '앙리 브륄라르'라는 젊은이로 되돌아가 '그저 참되게' 존재하기를 시도했기 때문이다(그는 브륄라르라는 이름을 우연히도 호기심을 가진 자들에게 알려지지 않도록 암호로 적고 있다). 그렇지만 참된 존재, 자기 자신을 거역하여 참다운 존재로 돌아가는 것이 얼마나 어려운 일인가를 그는 잘 알고 있다! 어떻게 과거의 그늘진 미로에서 몸을 곧추세우고, 환영과 빛을 구별할 것이며, 또 어떻게 꾸불꾸불 펼쳐진 길 뒤에서 항상 가면을 쓰고 기다리던 거짓으로부터 빠져나온단 말인가? 심리학자 스탕달은 여기서 ─최초이자 거의 유일한 자로서─ 천재적 방법을 창안한다. 그는 지나치게 감흥적인 회상의 현혹에 속지 않도록, 되도록이면 생각나는 대로 빠르게 붓을 옮기고, 반복해서 읽거나 숙고하지 않는 즉흥적 방법을 택한다("나는 체면차리지 않고 단숨에 써내려가는 것을 원칙으로 한다"). 그는 자기회상을 신속한 필치로 단숨에 써내려가면서도, 정말이지 매번 종이 위에 쓰인 것을 반복해 읽지 않는다. 그뿐만 아니라 작품 전체가 마치 친구에게 보내는 사적인 편지인 양, 문체나 통일성, 방법적 조형성을 전혀 걱정하지 않는다. "거짓없이 쓰기를 바라노라. 아무런 환상도 품지 않고, 기꺼이, 친구에게 보내는 편지인 양 쓰고 있다." 이 문장에서 말마디 하나하나가 모두 중요하다. 스탕달이 자기를 표현함에 있어, "바라는 바" 진실되게, "아무런 환상도 품지 않고"라든가 "기꺼이 친구에게 보내는 편지인 양"이라는 문구는 바로 "장-자크 루소처럼 거짓을 꾸미지 않으려는" 태도를 나타낸다. 그는 솔직한 추억을 위하여 미美를, 심리학을 위하여 예술을 의식적으로 희생시키는 것이다.

사실상 소설 『앙리 브륄라르』는 순수 기예적 측면만을 고찰할 때 『에고이스트의 회상』이라는 의심스러운 예술작품의 재판再版이나 다름없다. 두 작품의 공통성은 지나치게 성급하고 경솔하며, 무계획적으로 허술하게 짜여 있다는 점이다. 회상 속에 축적된 사실들을 성급하게 꺼내어서 순식간에 책으로 꾸몄건만, 그는 그것이 제대로 짜여졌는지 아닌지 무관심할 뿐이다. 그의 메모장과 똑같이, 가장 숭고한 것이 가장 천박한 것, 상식 밖의 것이 가장 내밀한 개성과 인접해 있는 것이다. 그러나 바로 이 같은 무구속성, 셔츠 바람으로 자유분방하게 쓰인 자기서술이 갖가지 솔직함을 드러낸다. 그 밖의 어느 2절판 서적보다도 영혼의 기록이라는 면에서는 이런 솔직함의 단면 하나하나가 훨씬 더 강도 있게 작용하는 것이다. 모친에 대한 위험할 정도의 편애, 부친에 대한 지독한 증오심 따위를 숨기지 않는 저 결정적 방식의 고백, 다른 사람의 경우라면 무의식의 모퉁이에나 비굴하게 숨길 그 같은 순간들은 검열관이 이를 감찰할 시간을 갖기도 전에 솔직하게 튀어나온다. 이 가장 내밀한 요건들은 의도적으로 억압된 도덕적 무관심의 순간에 거침없이 ─이렇게밖에는 말할 수 없다─ 관철된다.

스탕달은 자신을 "아름답게" 또는 "도덕적으로" 꾸밀 만큼 느낌들에 여유를 두는 법이 없는데, 바로 이 같은 천재의 심리학적 세계를 통해서만 그는 가장 육감적인 순간의 느낌들, 무디고 태만한 다른 것들을 물리치고 절규하듯 도약하는 순간의 느낌들을 언어로 정리한다. 완전히 벌거벗고도 수치심이라고는 모르는 영혼의 상태에서 이 파렴치한 죄와 괴벽이 돌연 매끄러운 종이 위에 쓰여, 최초의 인간의 눈빛을 빤히 응시하는 것이다. 그 얼마나 기막힌 비극적 광란의 소용돌이인가! 이 조그만 어린아이의 심장으로부터 얼마나 거대하고 원초적인 마성의 격한 감정이 쏟아져 나오는가! 도저히 잊을 수 없는 장면이 있는데, 그것은 그리도 증오하던 세라피 아주머니가 죽었을 때 꼬마 앙리가 취하는 태도로서 —스탕달에 의하면 "가련한 소년기를 집요하게 추적했던 두 악마 중의 하나"가 아주머니요, 다른 하나는 부친이었다— 여기서 냉혹하면서도 원초적 고독에 몸을 떠는 소년은 "무릎꿇고 신에게 감사를 드린다." 그런데 이런 기록 바로 옆에 (스탕달에게 있어 감정은 미로처럼 여러 겹으로 중첩되어 있다), 이 마녀가 소년의 성적 조숙함을 자극한 적이 있노라는 짤막한 메모가 써 있는 것이다. 실로 인간이 얼마나 다층적이고, 또 얼마나 크나큰 명암과

모순이 신경 끝에서 교감하는가 하는 것을 스탕달
만큼 예리하게 감지한 사람은 거의 없었으리라. 그
는 날지 못하는 어린 영혼이 일찍부터 비천함과 숭
고함, 야만성과 예민함을 아주 얄팍한 장소에다 꽃
잎처럼 차곡차곡 포개어 지니고 있음을 자각한다.
그리고 바로 이 우연한 발견, 전혀 무심한 상태에
서의 발견을 통하여 자서전의 분석이 비로소 시작
된다.

　바로 이 같은 태만함, 형식과 건축학은 물론이요
후세에의 영향과 문학, 도덕과 비평을 구분하지 않
는 태도, 요컨대 이런 시도에서 보여지는 당당한 개
성과 자기향락적인 면 때문에, 앙리 브륄라르는 누
구와도 비견될 수 없는 영혼의 기록으로 살아 있다.
스탕달은 그의 소설들 속에서 끊임없이 예술가가
되기를 원했다. 여기서 그는 자기 자신을 향한 호기
심에 타올라 감격하는 인간이자 개체일 뿐이다. 그
의 자화상은 필설로는 형용하기 어려운 단편적인

것의 묘미와 즉흥적인 것의 자발적 진리를 내포한다. 따라서 그의 작품과 자서전을 읽는다 해도 결국은 스탕달의 실체를 알아내지 못한다. 끊임없이 우리는 그가 제기하는 수수께끼를 해독하고, 그를 인식하면서 이해하고, 이해하면서 다시 인식하는 과정에 새롭게 접근하는 것을 느낄 뿐이다. 하여 그의 저녁놀처럼 붉게 물든 뜨겁고도 차가운 영혼, 날카로운 신경과 지성으로 전율하는 영혼은 오늘날까지도 열정적으로 살아 움직이는 것이다. 스탕달은 자기 자신을 형상화하는 가운데 그가 지닌 호기심의 욕구와 영혼의 통찰을 새로운 세대의 문턱으로 밀어넣었다. 이를 통해 우리 모두는 자기질문과 자기진단이라는 불꽃 튀는 즐거움을 전수받았다.

영원한 현존

1900년대에 가서야 나를 이해하리라.

스탕달은 19세기라는 한 세기 전체를 뛰어넘었
다. 그는 18세기, 디드로와 볼테르가 살았던 거친
물질주의 시대에서 출발하여 오늘날 과학이 되어
버린 영혼학, 심리물리학의 시대 한가운데 상륙한
다. 니체가 말하고 있듯이 "어떻게든 그를 따라가,
그를 열광시킨 수수께끼 몇 개를 얻어 내기 위해
서 두 세대가 필요했다." 놀랍게도 그의 작품은 거
의 노쇠하거나 냉각되지 아니했고, 그가 선취한 발

견들의 대부분은 이미 공동자산이 되었으며, 그의 예언 중에 많은 것은 아직도 실현되는 과정으로 활동하는 것이다. 그의 동시대인 이전으로 멀리 되돌아가보아도, 그는 결국 사람들 머리 위에 떠 있었다. 발자크만은 예외라 하겠는데, 왜냐하면 발자크와 스탕달 그 두 사람만은 예술의 영향이라는 면에서도 극히 상반되는 관계에 있으면서, 그들 자신의 시대를 초월하여 작품을 형상화했기 때문이다.

발자크의 경우를 보게 되면 그는 계층과 계층의 변화, 돈이 지닌 막강한 사회적 권력, 정치의 메커니즘을 당시에 통용되던 관계 이상으로 무한히 확대하였다. 반면에 스탕달은 그 누구보다 "앞서가는 심리학자의 눈, 정확한 사실 포착으로" 개체를 잘게 분해하고, 이를 미묘하게 표현하였다. 발자크가 사회의 발전 과정을 올바르게 파악하였다면, 스탕달은 새로운 심리학을 개진하였다. 발자크의 세계 비전이 '현대라는 시대'를 예견하였던 데 반해, 스탕달의 직관은 '현대적인 인간'을 예견했던 것이다.

그도 그럴 것이 스탕달의 인간이란 자기관찰에 따라 숙련되고, 심리학에 의해 창조된 오늘날의 우리들이기 때문이다. 즉 의식이 있음으로써 더욱 즐거워하되 도덕적 편견이 적고, 갖가지 차가운 인식론에는 피곤해 하면서도 자기본질의 인식을 갈구하는 인간이 스탕달의 인간인 것이다. 섬세한 인간이란 우리에게, 비록 고독한 낭만적 기질의 스탕달이 자신을 그렇게 느꼈다 해도, 더 이상 거대한 괴물도 기인도 아니다. 왜냐하면 스탕달 이후로 심리학과 정신분석이라는 새로운 과학이 비밀을 밝히고 착종된 것을 분해하는 갖가지 섬세한 도구로 우리에게 사용되었기 때문이다. 그럼에도 불구하고 이 "훤히 앞날을 내다보는 인간"(다시 호칭하여 니체적 인간!)은 우편마차를 타고서 나폴레옹 군대의 제복을 입은 이래로 수많은 것을 우리와 함께 나누었다. 그의 독선 없는 태도, 때 이른 그의 유럽주의*

의 선택, 그러니까 세계의 기계적 냉각에 대한 혐오, 그 모든 거창한 집단적 영웅성에 대한 증오 등은 과연 우리에게 어떤 선언이란 말인가! 자기 시대의 센티멘털한 감정의 고조를 자부심으로 여기는 그의 교만은 얼마나 당당한가! 그는 우리 시대에 도래할 그의 세계적 순간을 얼마나 잘 예견하였던가!

그가 기발한 실험을 행함으로써 문학에 대해 열어 놓은 자취와 도정은 무궁무진하다. 그의 주인공 쥘리앵이 없었다면 도스토옙스키의 라스콜리니코프는 생각할 수 없었을 것이고, 워털루 전쟁에 대한 저 최초의 생생한 현실묘사가 없었다면 톨스토이의 보로디노 전투** 또한 상상하기 어려웠을 것

---

* 역주: 프랑스, 독일, 영국 등 개별 국가의 이념에 치우치는 것이 아니라 그것을 뛰어넘는 범유럽주의를 의미한다. 괴테는 코스모폴리타니즘 (cosmopolitanism)을 주장한 바 있다.
** 역주: 1812년 나폴레옹이 러시아 원정 중 하루 동안 가장 많은 피해를 입은 전투이다. 톨스토이의 『전쟁과 평화』의 무대가 되기도 했다.

이다. 한데 니체의 격렬한 사상적 쾌감은 그의 말과 작품에서처럼 극히 소수의 인간으로 말미암아 완전히 새롭게 환기되었던 것이다. 그리하여 이런 자들, 스탕달이 평생 동안 찾으려 했어도 허사였던 "박애정신의 인간들", "우월한 인간들"이 그를 반갑게 맞이하였다. 아니 그의 자유로운 세계정신이 유일하게 인정한 "뒤늦은 조국", 말하자면 "그와 유사한 인간들"이 달려와 그에게 영원히 시민권과 시민의 제관을 수여하였다. 실로 그의 세대의 어떤 사람도, 심지어 그를 형제로 맞이한 발자크조차도, 오늘날을 살아가는 우리들의 정신과 감정 속에 그토록 초시대적 친근감으로 남아 있지는 못할 것이다. 우리는 그의 체온이 담긴 심리학적 매개물, 그 차가운 종이쪽을 만지면서 그의 형상을 가깝게 호흡하고 친밀감을 느낀다. 물론 그가 몇몇 인물들처럼 자기를 탐구하는 과정에서 모순으로 이리저리 비틀거리고, 현란한 색채로 인광을 발하면서 가장 비밀스러운 것을 형상화했음에도 불구하고, 우리는 그 깊이를 도저히 헤아리지는 못한다.

그는 정말이지 비밀스러운 삶을 자기 내부에서 완성시켰으면서도 이를 결코 끝내 버린 것은 아니었고, 항상 우리 곁에 살아 있다. 그도 그럴 것이 이런 기행자奇行者들은 순간을 틈타 서로 호응하여 영원히 현존할 것이기 때문이다. 바로 영혼의 가장 섬세한 비약이 시간 속에서 가장 멀리 퍼져 나가는 파장을 지니는 것이다.

발자크/스탕달